Vom Rhein bis ins offene Meer

Der Autor

Hans-Jürgen Zydek, Sohn schlesisch-rheinischer Eltern, geboren 1941 in Duisburg, verheiratet, zwei Kinder. Er war sein Leben lang in der Binnen- und Seeschifffahrt tätig. Jetzt ist er Rentner, fährt aber noch als Kapitän Urlaubsvertretungen zur See und ist gelegentlich auch als Schiffsführer oder Lotse auf dem Rhein tätig.

Hans-Jürgen Zydek
Vom Rhein bis ins offene Meer

Ein Binnenschiffer wird Seemann

Autobiografie von Hans-Jürgen Zydek

Teil 2

Bibliografische Information der Deutschen Nationalbibliothek:
Die Deutsche Nationalbibliothek verzeichnet diese Publikation in der Deutschen
Nationalbibliografie;
detaillierte bibliografische Daten sind im Internet über
http://dnb.d-nb.de abrufbar.

© 2012 Hans-Jürgen Zydek
Lektorat: Thalia Andronis, Köln
Umschlaggestaltung und Fotobearbeitung: Thomas Zydek, Köln
Info und Erzählung zur Geschichte der Familie Venners: Cousine Hannelore Lehn,
geb. Venners
Kleine Textberatung von meiner Frau Jirina und Tochter Sylvia Zydek
Satz, Herstellung und Verlag: BoD – Books on Demand
ISBN: 978-3-8448-3697-4

Inhalt

Vorwort	9
Ein neues Leben	11
Abschied von der Gaia	11
Das Leben bei Oma Venners und Familie Frings	12
Exkurs: Geschichte der Familie Venners	18
Meine neue Meldeadresse bei Oma Venners	28
Beginn meiner Seefahrtzeit »vor dem Mast«	33
Berufsplanung	61
Erst nochmal auf den Rhein	61
Auch auf der *Gaia* ging das Leben weiter	67
Reedereiwechsel von Rhenus zur Köln-Düsseldorfer	70
Druzba Bulgaria – Urlaub am Schwarzen Meer	71
Meine erste abenteuerliche Reise nach Ostrava	78
Dienstantritt bei der KD in Köln	88
Sommerurlaub in Böhmen	91
Rheinschifferpatentprüfung bestanden	94
Auf nach Travemünde zur Seemannsschule	97
Als Seemann auf Großer Fahrt	101
Matrose auf der Portunus	101
Bananen für Hamburg	116
Übersicht: mein Weg durch Kleine und Große Fahrt	120
Wiedersehen mit meinem Vater	122
Endlich wieder bei Jirina	125
Wieder auf dem Rhein bei der KD	130
Neuigkeiten von den Geschwistern	131
Hochzeit in Ostrava	135
Mein Leben mit Jirina in Köln und auf Rhein und Mosel	141

Heimkehr nach vier Jahren Hausverbot	153
Letzte Saison bei der KD	157
Neue Pläne: auf den europäischen Wasserstraßen in die Selbständigkeit	166
Anhang	171
Bilderbuch der Erinnerungen	171
Auszüge aus dem Schifferdienstbuch	205
Rheinschifffahrtsakte vom 17. Oktober 1868	206

»Wer sich mit seinem Gestern beschäftigt, bewertet die Vergangenheit neu – und zieht daraus Kraft für die Zukunft.« (Unbekannt)

Vorwort

Die Internationalisierung des Rheins »von Basel bis ins offene Meer« wurde am 17. Oktober 1868 durch die Rheinuferstaaten in der sogenannten Mannheimer Akte vertraglich festgelegt. Angelehnt an diese vertragliche Festlegung werden seitdem auch die Rheinschifferpatente geregelt: Mein Rheinschifferpatent ist gültig von Basel »bis ins offene Meer«.

Von diesen Gegebenheiten habe ich den Titel des zweiten Teils meiner Autobiografie abgeleitet. Sie ist die Geschichte eines Rheinschiffers, der auf einem Küstenmotorschiff den Rhein bei Hoek von Holland verlässt und zur See – *ins offene Meer* – fährt.

Der Rhein wird in Holland ein Teil des Rhein-Maas-Deltas und mündet bei Hoek van Holland als Nieuwe Waterweg, Rhein-Km 1032, in die Nordsee.

Ein neues Leben

»Ich fühle Mut, mich in die Welt zu wagen, der Erde Weh, der Erde Glück zu tragen, mit Stürmen mich herumzuschlagen und in des Schiffbruchs Knirschen nicht zu zagen.« J. W. von Goethe

Abschied von der Gaia

Nachdem ich sieben Jahre als Schiffsjunge und Matrose auf dem »MS Gaia« gefahren war, musste ich nach einem handgreiflichen Streit mit meinem Stiefvater Martin Kreuze, dem Schiffsführer der *Gaia*, am 28. Juli 1963 das Schiff verlassen. Ich war 22 Jahre alt, bekam Hausverbot und durfte meine Mutter nicht mehr besuchen. Mutter war natürlich unglücklich darüber. Sie führte auf der *Gaia* den Haushalt und hatte in den sieben Jahren, in denen wir gemeinsam an Bord waren, zwei Kinder geboren, meine Brüder Gerhard und Jennes, und mit der ganzen kinderreichen Familie eine zwar anstrengende, aber auch schöne Zeit gehabt. Für mich fing ein neues Leben an. Ich wollte immer schon von Bord, wollte zur Marine oder zur See fahren. Pa Kreuze hatte das verhindert und auch Mutter wollte mich nicht so gerne gehen lassen. Doch nun endlich konnte ich mein eigenes Leben leben. So verließ ich, in Begleitung meines Freundes Theo Frings, der bei uns an Bord seine Ferien verbracht hatte, das Schiff und ging zu meiner Oma Venners, die in Duisburg-Hamborn wohnte, ins »Exil«.

Während meiner sieben Jahre Fahrtzeit an Bord des »MS Gaia« hatte ich den ganzen schiffbaren Rhein kennengelernt, von Rheinfelden in der Schweiz bis Rotterdam in Holland. Auch die Nebenflüsse, Kanäle und die Mündungsarme des Rheins hatten wir mit der »Gaia« befahren. In dieser Zeit lernte ich Holländisch, was später noch wichtig für mich werden sollte.

Das Leben bei Oma Venners und Familie Frings

Oma Venners

Meine Oma lebte in Duisburg-Hamborn in der Glückaufstraße 13. Dort bewohnte sie eine kleine Zweizimmerwohnung im Erdgeschoss.

Oma war erstaunt und überrascht, als ich auf einmal mit Koffer und Tasche vor ihrer Tür stand. Ich begrüßte sie, gab ihr einen Kuss auf die Wange und sagte: »Lass mich erst mal rein, dann erzähle ich dir, was mir passiert ist.«

Bevor wir uns an den Tisch setzten, goss uns Oma schnell noch eine Tasse Kaffee ein und sah mich erwartungsvoll an. Dann erzählte ich ihr, dass Pa Kreuze mich geschlagen hat, dass ich zurückgeschlagen habe und daraufhin die *Gaia* verlassen musste. Sie war empört. Kreuze hatte sich vorher bei der Oma schon einmal unbeliebt gemacht, weil er meine Mutter geschlagen hatte. Dann hatte er sich wohl unter Tränen entschuldigt, aber Oma hatte das nicht vergessen. Jetzt, nachdem er sich das mit mir geleistet hatte, kam er auf die Liste der unbeliebten Schwiegersöhne.

Nach einiger Zeit kehrte Omas Humor jedoch wieder zurück und sie meinte: »Jürgen, du kennst doch den aus der Bibel abgeleiteten Spruch ›Du sollst Vater und Mutter ehren, aber wenn sie dich schlagen, dann sollst du dich wehren!‹«. Dabei lachte sie.

Trotz der Streitigkeiten mit Pa blieben die Familienbande zu meinen holländischen Geschwistern Dini, Martin und Annie davon unberührt. Zum Beweis: Martin war später Trauzeuge auf meiner Hochzeit.

Zu Besuch bei Onkel Karl

Jetzt erinnerte sich Oma wieder an ihren ehemaligen Schwiegersohn Johann, meinen Vater. »Der hatte auch einige Fehler, doch er hat deine Mutter nie geschlagen«, sagte sie. »Er liebte euch auch, seine Kinder, doch er war mit der Situation damals, nach dem Krieg, total überfordert.«

Oma gab mir den Rat, doch mal Kontakt mit meinem Vater aufzunehmen. Das war auch mein Wunsch. Ich wusste inzwischen, dass er wieder verheiratet war und in Zeitz, in der damaligen DDR, wohnte. Nur musste ich noch seine Adresse ausfindig machen. Erst mal habe ich mir die Adresse von Vaters Bruder Karl in Mühlheim besorgt. Ich fuhr hin, schellte an der Tür, und meine Tante Wichta, die ich schon sehr lange nicht mehr gesehen hatte, öffnete. Sie erkannte mich nicht mehr. Als ich mich vorstellte, schaute sie mich erstaunt an, begrüßte mich und sagte: »Onkel Karl ist nicht da, aber komm doch erst mal herein, er kommt bald. Was möchtest du trinken?«

»Einen Kaffee«, sagte ich.

»Waas?!«, meinte sie erstaunt, »das ist aber für einen Zydek höchst ungewöhnlich.« Sie hatte immer noch Vater und seine trinkfesten Brüder in schlechter Erinnerung.

Als ich so meinen Kaffee trank, wurde Tante Wichta immer freundlicher. Ihre Erinnerungen kamen wieder in ihr hoch: »Ich weiß noch, als du ein kleiner blonder Junge warst und eine kurze Hose mit Hosenträger trugst, du bist ja so groß geworden.«

Jetzt wurde die Türe aufgeschlossen und Onkel Karl betrat die Wohnung.

»Schau mal, wer uns besucht«, sagte Tante Wichta.

Onkel Karl schaute mich an und antwortete: »Keine Ahnung.«

Bevor ich etwas sagen konnte, klärte sie auf: »Das ist der Jürgen, der Sohn von deinem Bruder Johann!«

Jetzt freute er sich, schüttelte lange meine Hand und umarmte mich. Onkel Karl war der älteste Bruder meines Vaters. Er war ein großer, starker Mann und hatte die meisten Jahre seines Lebens bei Thyssen am Hochofen gearbeitet. Jetzt war er im Rentenalter und bekam eine gute Rente. Es wurde erzählt und erzählt, auch über meinen Vater. Onkel Karl hatte nicht mehr so viel Kontakt zu ihm, aber seine Adresse konnte er mir geben. Dann habe ich noch kurz meinen Cousin, der in Mühlheim bei der Polizei war, und meine Cousine kennengelernt. Abends habe ich noch bei ihnen gegessen und dabei auch eine Flasche Bier getrunken, damit sie nicht meinten, ich wäre total aus der Art geschlagen. Dann verabschiedete ich mich und fuhr mit der Straßenbahn wieder nach Hamborn.

Der Anfang war gemacht. Später habe ich Vater einen Brief geschrieben, darüber hat er sich sehr gefreut und mit einem langen Brief geantwortet. Bald darauf schon hat er mich zu sich nach Zeitz eingeladen. Nach einiger Zeit habe ich ihn dann auch besucht.

Zu Hause bei Familie Frings

Frings-Famile und ich

Doch jetzt geht die Geschichte bei meiner Oma weiter. Es war für sie selbstverständlich, dass ich erst mal bei ihr wohnen konnte, doch schlafen sollte ich nach Möglichkeit bei der Familie Frings, denn es war zu wenig Platz bei der Oma. Die Familie Frings wohnte immer noch in Hamborn, im Stadtteil Ostacker, im gleichen Haus, in dem Oma Venners früher auch gewohnt hatte. Theo hatte ihnen schon meine Geschichte erzählt, auch sie waren empört. Sie hatten keine große Wohnung, und mit ihren drei Söhnen Franz, Theo und Gerhard auch wenig Platz. Ich war trotzdem willkommen. »Für dich haben wir immer einen Schlafplatz«, sagte Frau Frings. Und ich war sowieso die meiste Zeit auf dem Schiff, auf dem ich als Matrose angeheuert hatte – doch dazu später.

Wenn ich mal ein paar Tage Urlaub hatte, besuchte ich meine Oma, meistens für sie überraschend, denn sie hatte kein Telefon, so dass ich mich nicht anmelden konnte. Bei ihr holte ich dann auch meine Post ab und erfuhr die neuesten Neuigkeiten. Dann traf ich mich auch mit Theo. Er arbeitete an einer Tankstelle. An den Wochenenden, wenn er Zeit hatte, gingen wir gemeinsam schwimmen oder fuhren mit der Straßenbahn nach Alsum an den Rhein. Von dort ließen wir uns manchmal mit einer kleinen Personenfähre über den Rhein nach Moers übersetzen.

Sonntags war ich meistens zu Gast bei Familie Frings. Theos Mutter achtete darauf, dass wir in die Kirche gingen. Danach gings zum Frühschoppen. Anschließend kamen wir auch mal leicht angetrunken nach Hause, wo Frau Frings mit einem schmackhaften Mittagessen auf uns wartete. Wenn ich nicht aufs Schiff zurück musste, blieb ich für einige Zeit in Hamborn.

Theos Mutter und meine Mutter waren befreundet. Sie hatten früher in ihrer Jugendzeit gemeinsam in Ostacker im Kirchenchor gesungen. Theos Vater Julius war in seiner Jugendzeit Heizer auf einem Dampfschlepper auf dem Rhein gewesen. Er erzählte gerne von seiner schweren, aber doch schönen Zeit. Mit Interesse hörte er auch mir zu, wenn ich von meinem Leben an Bord erzählte. Ich war gerne bei den Frings und hatte zu jedem Einzelnen ein gutes Verhältnis. Meine Oma und Familie Frings – das war jetzt mein Zuhause. Ich bin ihnen bis heute dankbar für ihre Gastfreundschaft.

Ostacker war eine sogenannte Kolonie, eine Bergmannssiedlung. Hier wohnten die Arbeiter und Bergleute von Zeche und Hochofen, im Weidenkamp meistens die Führungskräfte und die Beamten. Gemeinsam besuchten sie jedoch die St. Franziskuskirche in Ostacker und ihre Kinder die Abteischule in Hamborn. Sehr viel früher hatten auch ich und meine Geschwister die Abteischule besucht.

Heimweh nach Epe

Werner Gerke und ich

Nach dem Krieg im Jahre 1945 waren wir aus dem zerstörten, unbewohnbaren Duisburg nach Epe in Westfahlen evakuiert worden. Epe war ein vom Krieg verschontes Dorf nahe der Kleinstadt Gronau an der holländischen Grenze. Hier im westfälischen Bauernland am Ufer der Dinkel erlebte ich eine schöne, unbeschwerte Jugendzeit. Wir wohnten sieben Jahre in Epe. Weil Vater hier keine Arbeit bekommen konnte und ein Teil unserer Familie in Duisburg wohnte, zogen wir aber wieder zurück nach Duisburg. Es war ein Schock für mich, aus dem idyllischen Dorf Epe in die lärmende, überfüllte und schmutzige Industriestadt Duisburg zu ziehen. Ich hatte am Anfang Schwierigkeiten in der Schule und brauchte etwa ein Jahr, um mich einzuleben. Doch mein Heimweh nach Epe war geblieben.

Eines Tages beschlossen mein Freund Theo Frings und ich, mit dem Moped nach Epe zu fahren. Es war eine beschwerliche Reise, vor allen Dingen für mich, da ich hinten auf dem Moped saß. Aber es musste sein. In Epe besuchten wir meinen alten Schulfreund Werner Gerke, bei dem wir auch übernachteten. Werner und seine Familie freuten sich sehr über unseren Besuch. Die Gerkes stammen aus Ostpreußen und haben hier nach dem Krieg eine neue Heimat gefunden. Es wurde viel erzählt von den Zeiten, als ich mit Werner drei Jahre in Epe die Schule besuchte. Wir waren ein ungleiches Paar, denn Werner war einen Kopf größer als ich. Doch wir waren unzertrennlich und verbrachten die meiste Zeit an der Dinkel. Es war eine schöne Zeit.

Am nächsten Tag spazierten wir noch an der Dinkel entlang zur Mühle und dann ins Dorf. Danach verabschiedeten wir uns und fuhren den beschwerlichen Weg zurück nach Duisburg.

Später fuhren wir noch ein zweites Mal, diesmal mit dem Auto, nach Epe.

Exkurs: Geschichte der Familie Venners

Hier möchte ich meine Erzählungen unterbrechen, um die Geschichte meiner rheinischen Familie Venners, deren Mitglieder z. T. im Weidenkamp geboren und aufgewachsen sind, von ihnen selber erzählen zu lassen.

Tante Bille erzählte folgende Geschichte:

Früher, als Opa Venners noch lebte, besuchte die Familie gerne mal um 10 Uhr die Heilige Messe in der St. Franziskuskirche in Hamborn Ostacker. Das heilige Hochamt wurde dann meistens von Pastor Baaken, dem späteren Bischof von Münster, zelebriert. Dazu sang der Kirchenchor. Opa Venners war auch in der Kirche und lauschte andächtig dem Gesang des Chors, aus dem man die laute Stimme seiner Tochter Friederike heraushören konnte. Daraufhin stupste er seinen Nachbarn an und flüsterte ihm in seinem rheinischen Dialekt ins Ohr: »Dat met de gröve stimm, dat is us Friede.«

Das Haus im Weidenkamp Nr. 6

Cousine Hannelore erzählte von der Zeit, in der sie zusammen mit ihren fast gleichaltrigen Onkel Paul und Tante Anneliese sowie Bruder Manfred hier im Weidenkamp geboren und aufgewachsen war. Sie erlebte in ihrem schönen großen Haus mit Garten im Kreise der Familie eine schöne Jugendzeit. Als Hannelore geboren wurde, war sie das erste Enkelkind der Familie Venners und wurde vor allen Dingen vom Opa verwöhnt, erzählte sie.

Zuerst noch eine kleine Vorgeschichte
Opa Peter Venners lernte seine Maria (Oma) auf dem Weg zum Arbeitsplatz kennen. – Marias Vater, Gerhard Nühnen, war Fährmann. Er setzte die Leute, die auf der Phönixhütte in Ruhrort arbeiteten, von Homberg nach Ruhrort über. Eine Fahrt mit seinem Boot über den Rhein war billiger als der Weg über die Rheinbrücke, auf der man Zoll zahlen musste. –

Es muss eine große Liebe gewesen sein, da Opa wegen seiner Heirat von seinen Eltern enterbt wurde. Die Venners hatten in Krefeld-Uerdingen einen Betrieb zur Herstellung von Zigarren. Seine Geschwister haben Opa aber nie in Stich gelassen, zu ihnen hatte er ein sehr herzliches Verhältnis.

Das junge Paar lebte in den ersten Jahren seiner Ehe in Omas Elternhaus auf dem Rheindeich in Homberg. Dort kamen die Kinder Lisbeth (früh gestorben), Hans, Gerd, Käthe, Finnchen und Friedi zur Welt. Opa folgte nach einigen Jahren Friederich Thyssen nach Hamborn, um den Schacht 4/8 mit aufzubauen: Dort war er als Schlosser und Schmiedemeister tätig. Nach einiger Zeit zog die Familie von Homberg nach Meiderich, wo Tante Bille geboren wurde. Später wurde Opa wegen seiner Verdienste Oberbeamter und Betriebsführer über Tage.

Es folgte der Umzug zum Weidenkamp. Dort gab es acht schöne, große Beamtenhäuser, die Eigentum der Zeche waren. Die Männer, die mit ihren Familien in diesen Häusern, im Grunde Villen, wohnten, waren alles wichtige Führungskräfte der Zeche, die jederzeit verfügbar sein mussten. Zwischen den Familien entwickelte sich ein tolles nachbarschaftliches Verhältnis. »Wir waren wie eine große Familie«, erzählte Hannelore.

Die Häuser hatten sechs große Zimmer und zwei Dachzimmer für das Personal.

Die Venners hatten kein Personal, denn alle Zimmer wurden von der großen Familie selber benötigt, und bald schon wurden Onkel Paul und Tante Anneliese geboren.

»Im Haus gab es ein großes Treppenhaus«, fuhr Hannelore fort. »Am hinteren Eingang, den wir Kinder benutzten, war die große Diele. Der vordere Eingang war für uns tabu. Dort lag ein roter Teppich, flankiert von zwei Lorbeerbäumen und einer Garderobe.«

Benutzt wurde dieser Eingang nur von der vornehmen Verwandtschaft aus Urdingen und Düsseldorf. Später durften auch die Herren von Krupp den Eingang benutzen, um mit Onkel Hans über seine Arbeit für Krupp im Ausland zu sprechen. Unten im Haus befanden sich Esszimmer, Wohnzimmer, eine große Küche mit Spülküche und ein Vorratsraum. Das Badezimmer befand sich im Keller.

»Ein Dachzimmer war Opas Heiligtum, dort bastelte er gerne. Für uns Kinder war das ein Zauberzimmer«, erzählte Hannelore.

Omas Revier war außerhalb des Hauses: ein großer Garten und ein Hof mit einer schönen Wiese, in deren vier Ecken Lilien und Eisblumen blühten. Auf dem Hof gab es auch eine Voliere mit zwei niedlichen Eichhörnchen. Außerdem hatten die Kinder ein Spielhaus. Hinter der Wiese befand sich eine große, mit Wein und Efeu bewachsene Laube, die Opa aus Hochofenschlacke gebaut hatte. Erst dahinter kam der große Garten, der von Oma liebevoll gepflegt wurde. Dort hatte sie alle Sorten Gemüse und vor allen Dingen auch Kartoffeln gepflanzt. Außerdem wuchsen Himbeeren, Stachelbeeren, Brombeeren etc. im Garten. Zur Freude der Kinder gab es auch ein großes Erdbeerbeet. Und überall, wo Platz war, hatte Oma Blumen gepflanzt.

Opa mochte keinen Kappes, wenn er trotzdem auf den Tisch kam, sangen die Kinder auf seinen Wunsch hin »Kappes, dir leb ich, Kappes, dir sterb ich, dein bin ich im Leben und im Tod«.

»Ja, Vater und Opa waren die Helden unserer Kindertage«, schwärmte Hannelore. »Als wir noch klein waren, glaubten wir tatsächlich, dass Opa nicht nur basteln, sondern auch zaubern konnte. Es war für uns immer eine große Freude, wenn wir in seine Schatzkammer durften, er seine Truhe öffnete und uns seine ›Schätze‹ vorführte. Sein Sekretär mit den Geheimfächern weckte unsere Neugier, doch die waren für uns tabu. Opa bastelte alle Art von Spielzeug für uns. Für die Mädchen hatte er einen Kaufladen, ein Kasperletheater und eine schöne Puppenstube gebaut. Sie war haargenau der Thyssen-Villa nachgebildet. Für die Jungens gab es eine Schmiede mit einer Dampfmaschine – sie konnte die ganze Schmiede arbeiten lassen.«

Das alles war gar nichts gegen den selbstgeschnitzten Altar mit Triumphbogen, der mit Hilfe der ganzen Nachbarschaft an Fronleichnam aufgebaut wurde. Um zu Weihnachten die Krippe aufzubauen, musste das ganze Wohnzimmer ausgeräumt werden. Opa und Oma und später Onkel Hans brauchten tagelang dazu. Am zweiten Weihnachtstag kam die ganze Familie, die immer größer wurde, um Omas Geburtstag zu feiern. Nach Weihnachten kam die Zeit für Paul und Hannelore. Alle Kinder aus der Nachbarschaft wollten die Krippe sehen, doch sie mussten 1 Pfennig Eintritt zahlen.

»Oma war eine liebe Frau«, meinte Hannelore, »sie gab den Kindern als Trost für den Pfennig ein Plätzchen. Und sie hat uns immer bei unseren Streichen geschützt.«

Im Jahre 1931 heiratete ihr ältester Sohn Hans und ein Jahr später kam Cousinchen Hannelore zur Welt. Die ganze Familie war aus dem Häuschen, besonders Opa und Paul. Ein Jahr später, 1933, kam Bruder

Manfred dazu, der aber keine Bindung zur restlichen Familie aufbaute. Er hing zeit seines Lebens am Schürzenzipfel seiner Mutter.

So wuchs Hannelore in dem großen schönen Haus im Weidenkamp zusammen mit ihren Eltern, Bruder Manfred, Opa und Oma, einer Handvoll Tanten und ihrem zwei Jahre älteren Onkel Paul auf. Opa nahm sie überallhin mit: morgens zum Schacht 4/8, mittags wurde gespielt, und sonntags besuchten sie gemeinsam die Kirche. Sie wurde verwöhnt, denn sie war das erste Enkelkind. Onkel Paul war der Schrecken seiner Geschwister. Hannelore und er waren aber immer ein Herz und eine Seele. Tante Friedi und Bille haben ihn wegen seiner Sturheit und Bockigkeit verwünscht. Sie mussten ihn jeden Morgen mit zur Schule schleppen. Oft ist er auch seinen Schwestern ausgebüchst und hat sich in Omas Garten versteckt. Paul war auch der Schrecken der ganzen Straße und des Schulhofs. Die Nachbarskinder flüchteten, wenn er mit seinem Luftgewehr auf die Straße kam und mit Pfeffer schoss. Nachdem Opa gestorben war, musste Onkel Hans oft eingreifen. Als Paul später seine Liesel heiratete, wurde er ein lieber Mann, fast schon ein Pantoffelheld.

Hannelore, ihre Tanten und ihr Onkel gingen gemeinsam auf die Abteischule in Hamborn. Tante Bille war das Engelchen in der Schule und bei den Lehrern hoch angesehen.

»Wir wurden alle an unserem Engelchen gemessen«, erzählte Hannelore.

Tante Anneliese war ein ruhiges Mädchen und hatte unter Hannelore viel zu leiden, weil sich oft alles nur um sie drehte. Käthe und Hans waren die Reinlichkeitsfanatiker. Finnchen war die Vornehme, sie ging gerne schick aus, legte Wert auf gute Kleidung und rauchte. Ihr Idol war Marlene Dietrich. Und da war noch Fiedi, die etwas anders war als ihre Geschwister. Sie war lustig, ihrer Zeit weit voraus und nicht so prüde wie ihre Geschwister. Sie war auch die Schönste der Vennersmädchen. Für Hannelore war sie etwas Besonderes. Sie trug gerne Handtaschen und Schuhe aus Lackleder. Für Oma war das Teufelszeug.

Nach Opas frühem Tod im Jahr 1936 – er wurde nur 50 Jahre alt – bekam Oma nur eine kleine Rente. Opa war nicht lange genug Beamter gewesen und die Zeit als Schmiedemeister wurde nicht voll anerkannt. Erst nach dem Krieg bei der Rentenreform unter Adenauer wurden alle Zeiten anerkannt, und Oma bekam eine schöne, dem Beamtenstatus ihres Mannes entsprechende Rente. Oma war eine bescheidene Frau und jetzt glücklich, allen ihren Lieben etwas geben zu können. Bei Opas Tod waren die meisten Kinder noch im Haus, nur Käthe war schon verheiratet. Sohn Gerd war noch vor Opas Tod an Genickstarre gestorben.

Opa hatte eine großartige Beerdigung. Sehr zum Entsetzen von Onkel Hans und der Familie allerdings reihten sich die Nazis in Uniform und mit Fahnen in den Trauerzug ein. Das hätte Opa überhaupt nicht gefallen, doch man konnte es nicht verhindern. Opa war in der Zentrums-Partei. Er hatte sich mit einer Gruppe Gleichgesinnter an einem Putschversuch gegen die Nazis beteiligt. Der misslang, die meisten Leute wurden verhaftet, manche kamen ins Konzentrationslager, doch Opa wurde noch rechtzeitig gewarnt und konnte entkommen.

Jetzt, nach Opas Tod, übernahm Onkel Hans das Haus und die Fürsorge für seine Mutter und seine Geschwister. Die Möbel mussten umgestellt werden. Tante Friedi war stark, beim Möbelschleppen war sie immer der unterste Mann auf der Treppe. Hans und Finnchen machten sich einen Spaß daraus, sie scheinheilig zu fragen: »Friedi, kannst du noch?« Die Antwort war immer »Jaaa!«. Doch bald schon rächte sich Friedi, indem sie kurzerhand Finnchens neue Markenunterwäsche mopste. Als Finnchen das merkte, war Friedi schon aus dem Haus.

Tante Friedis Hochzeit (Hochzeit von Jürgens Eltern)
»Tante Friedis Hochzeit werde ich nie vergessen«, erzählte Hannelore weiter. »Sie fuhr mit einer schön geschmückten Kutsche zur Kirche. Sie sah toll aus im beigefarbenen Spitzenkleid mit Stola und einem

schönen Brautstrauß. Onkel Johann in seiner schicken blauen Marineuniform saß neben ihr. Sie waren ein schönes Brautpaar, ich war stolz auf sie. Viele Kinder folgten der Kutsche und Tante Friedi warf immer mal wieder eine Handvoll Kleingeld unter die Kinder. So eine tolle Hochzeit hatte ich noch nicht gesehen!«

1937 gab es noch viele Arbeitslose, für Frauen war es schwer, Arbeit zu finden. Tante Finnchen kam über Caritas als Hausdame zum Heinrichshof nach Köln-Fühlingen. Hier lernte sie ihren Mann Josef Esser kennen und lieben. Sie heirateten. Onkel Josef war sehr kinderlieb, erzählte Hannelore. Oft holte er Paul und Hannelore mit seinem Motorrad mit Beiwagen ab, und die Kinder verbrachten ihre Ferien in Köln-Fühlingen. Nach ihrer Schulzeit machte Hannelore auch eine Lehre in Hauswirtschaft auf Gut Heinrichshof. Es waren herrliche Zeiten, schwärmte Hannelore.

Der Hof gehörte seit vielen Generationen der Familie Frengers. Direkt nach dem Krieg haben die Engländer den Heinrichshof in Beschlag genommen. Als das Gut später wieder an die Familie Frengers zurückgegeben wurde, fanden auf dem Gut Konferenzen statt zwischen der englischen Besatzungsmacht und deutschen Volksvertretern unter Führung von Konrad Adenauer über die Gründung der Bundesrepublik. Auch Kardinal Frings der Diözese Köln war oft zu Gast. In dieser historischen Zeit war Tante Finnchen Hausdame auf Gut Heinrichshof.

Tante Bille kam durch die Beziehungen von Nachbarn nach Neviges, einem Wallfahrtsort im Bergischen Land. Dort lernte sie ihren Mann Franz Küppers kennen. Onkel Hans, Hannelores Vater, war Bergbauspezialist und Richtmeister bei Krupp. Im Auftrag von Krupp reiste er durch ganz Europa. Während des Krieges war er auch einmal in Norwegen, und da er Zeit hatte, hat er seinen Schwager Johann Zydek, der Marinesoldat in Trondheim war, besucht.

»Der Krieg war für uns alle eine schreckliche Zeit«, erzählte Hannelore. »Wir verloren alles. Unser Haus wurde ausgebombt. Mein Vater und Onkel Josef sind in Russland gefallen. Für Oma ging eine Welt unter, als sie vom Tod ihres geliebten Sohnes Hans erfuhr. Wir haben Oma nur zweimal weinen sehen, einmal bei Opas Beerdigung und dann, als ihr lieber Sohn Hans gefallen war. Hans hatte ebenfalls sehr an seiner Mutter gehangen. Vom Aussehen her kamen nur Tante Friedi und Hans nach Omas Familie, alle anderen nach Venners. Es gab nie mehr ein so schönes Familienleben wie im Haus Weidenkamp 6. Wir wurden in alle Winde verstreut, und die meisten sind bereits verstorben. Unser Vetter Klaus und seine Frau Erika laden uns immer zum Geburtstag unserer letzten noch lebenden Tante Anneliese ein. Wir, die Enkel von Oma, sind auch schon im Rentenalter und freuen uns, dass wir uns alle wiedergefunden haben.«

Hitlerzeit im Weidenkamp – erlebt und erzählt von Cousine Hannelore

»Für alle die geglaubt hatten, es kämen bessere Zeiten, wurden schnell eines anderen belehrt. Der erste Schock kam mit der ›Kristallnacht‹. Es war schrecklich, was da geschah. Ich war ein Kind und werde diese Nacht niemals vergessen, zumal es hinter dem Weidenkamp eine Synagoge und einen jüdischen Friedhof gab, die auch zerstört wurden. Heute gibt es dort eine Tankstelle am Eingang vom Friedhof auf der Papiermühlenstraße. Damals habe ich meinen Vater gefragt, warum keiner was getan und alle nur dagestanden hätten. Als Antwort sagte er mir, er sei nicht zum Helden geboren und dass er eine Familie habe. Später wurde sein Entsetzen immer größer, als er Zeuge davon wurde, was Deutsche im Osten alles anrichteten. Uns wurde ja erzählt, dass die Juden in Lager kämen, um arbeiten zu lernen. Mein Vater arbeitete für die Hüttenwerke Ost, die durch ›Führerbefehl‹ gegründet wurden und direkt nach der Besetzung der eroberten Gebiete aufgebaut wurden. Er war eigentlich nie Soldat, wurde immer vom Wehrdienst freigestellt, und doch starb er als Soldat mit der Freistellung in der

Tasche. Er starb in der Nähe von Stalingrad auf dem Rückzug der deutschen Truppen.

Etwas Gutes hatte die Arbeit meines Vaters doch. Wir hatten Freunde in Holland bei Zwolle. Mein Vater konnte über die neutrale Schweiz unseren Freunden Pakete schicken. Die Freundschaft bestand seit dem ersten Weltkrieg. Damals hatte Tante Marie aus Holland meine Mutter (Friedchen) vor dem größtem Hunger gerettet. So blieb die Freundschaft in guten und schlechten Zeiten bestehen. Es wird viel von Anne Frank geschrieben, es gab vor allem in Holland, aber auch in Deutschland viele Leute, die den Mut hatten, Juden zu verstecken. So auch unsere Freunde in Zwolle, sie hatten während des ganzen Krieges ein jüdisches Mädchen, Rebekka, versteckt. Da haben Vaters Pakete geholfen. Nach dem Krieg haben sie uns durch die Engländer suchen lassen. Als Marie heiratete, wurden wir und auch Rebekka eingeladen. Sie wollte nicht kommen, da hat Tante Marie ihr klar gemacht, dass wir im Krieg geholfen hatten und es für sie auch gute Deutsche gäbe. Also kam sie doch. Bis zum Tod unserer Freunde bestand diese Freundschaft.

Das Haus im Weidenkamp wurde immer leerer und die Luftangriffe wurden immer schlimmer. Die Schulen wurden geschlossen und die Lehrer mit den Kindern aufs Land verschickt. Ich hatte bei jedem Angriff Angst und verbrachte die Luftangriffe auf dem Töpfchen. Unser Haus hatte keinen männlichen Schutz, Oma, Friedchen (meine Mutter), Anneliese und ich waren alleine. Bille, Friedchen und Anneliese waren bei der Feuerwehr als Helfer ausgebildet worden. Friedchen und Anneliese kannten wohl keine Angst – sie gingen nach jedem Bombenangriff aus dem Keller nach oben ins Haus, um nach dem Rechten zu sehen. Einmal, nach einem Brandbombenangriff, brannte es in unserem Haus. Friedchen und Anneliese löschten den Brand und gingen anschließend zum Nachbarshaus, um auch dort nach dem Rechten zu sehen. Als sie sahen, dass das Haus ebenfalls brannte, haben sie die Tür mit einem Vorhammer eingeschlagen und auch diesen Brand gelöscht. Im Keller saß die ganze Familie und betete. Auch wir saßen im Keller und beteten, keiner hatte den Mut, den Brand zu löschen, um das Haus zu retten.

Die Angriffe wurden immer schlimmer. Tante Käthes ›Knusperhäuschen‹ wurde fast bei jedem Angriff ein Zimmer kleiner. Bei einem Angriff mit Phosphor wurden Onkel Edmund und sein Sohn Dieter vergiftet. Dieter starb, Onkel Edmund war lange Zeit im Krankenhaus, überlebte aber. Der Krieg wurde immer grausamer. Vierzehnjährige Kinder mussten nachts als Flackhelfer helfen. Mit 16 Jahren wurden schon viele Jungen Soldaten.

Paul war bei den Fliegern, Onkel Hans bei der Marine, Onkel Josef wurde mit seinem Motorrad als Melder eingezogen, Onkel Franz war an der Ostfront. Nach einem schweren Fliegerangriff schließlich brannte unser Haus aus; es gab niemanden in der Familie, der nicht etwas abbekommen hat. Wir standen alle ohne Wohnung da.

Der Krieg war zu Ende, nun fing das große Warten an: Wer hat überlebt, wer kommt zurück? Paul kam schnell nach Hause. Er hat nach dem Krieg bei den Engländern noch Verpflegungsflüge gemacht. Onkel Franz war in russischer Gefangenschaft und kam nach ein paar Jahren nach Hause. Da hat er seine Tochter Bärbel das erste Mal gesehen. Ein paar Wochen später ist Bärbel an einem Gehirntumor gestorben. Die Familie wurde auseinandergerissen und jeder musste sehen, wie er weiterkam.

Unser aller Traum war, dass man unser Haus Weidekamp Nr. 6 wieder aufbauen würde. Es blieb ein Traum. Heute stehen mehrere Häuser in unserem Garten, von unserem Haus ist nichts mehr übrig geblieben.«

Hannelore

Meine neue Meldeadresse bei Oma Venners

Ich meldete mich in Rotterdam auf dem Stadhuis ab und in Duisburg-Hamborn im dem Rathaus auf Omas Adresse, Glückaufstraße 13, an. Nachdem ich in Duisburg angemeldet war, wurde ich von der Bundeswehr erfasst und zur Musterung einberufen. Nach meiner Musterung war ich Ersatzreserve 1. Ich bekam einen Wehrpass, wurde aber wegen meiner damals als wichtig eingestuften Tätigkeit in der Schifffahrt vom Wehrdienst freigestellt.

Omas jüngste Tochter, meine Tante Anneliese, wohnte mit ihrem Mann Werner und den Kindern Brigitte und Klaus in der Bremenstraße 21, ganz in der Nähe. Da Oma eine kaputte Hüfte hatte, konnte sie schlecht laufen. Tante Anneliese ging deshalb für sie einkaufen. Wir, die Enkelkinder, trafen uns öfter mal bei der Oma und halfen ihr bei Kleinigkeiten in ihrem Alltagsleben. Wir holten für ihren Kohlenofen die Kohlen aus dem Keller oder spielten gemeinsam »Mensch ärgere dich nicht«. Das war immer lustig, denn Oma mogelte gerne. Wenn wir sie erwischten, sagte sie immer mit einem lustigem Lächeln: »Ich bin ja auch schon so alt!« Wir ließen das aber nicht gelten und sagten dann immer: »Nix da, Oma, es wird nicht gemogelt!« Es machte ihr auch richtig Spaß, wenn wir uns ärgerten.

Oma Venners Kummer nach dem Krieg

Oft saß Oma Däumchen drehend im Sessel, die grauen Haare zu einem Knoten zusammengebunden, und philosophierte so vor sich hin. Die Erinnerungen an ihr schönes Haus im Weidenkamp, das Leben ihrer weitläufigen Familie und das ihrer Kinder und Enkelkinder gingen ihr nicht aus dem Kopf. Eine echte Oma. Sie hatte neun Kinder geboren und zwei Kriege überlebt. Sie kannte alle Höhen und Tiefen im Leben. Im Radio hörte Sie gerne das vom NWD-Rundfunk ausgestrahlte Wunschkonzert. Öfter sang dann Willi Schneider auf Wunsch irgendwelcher alter Leute die traurigen Lieder »Auf der Heide blühn die letzten Rosen« oder »Ich möchte noch mal zwanzig sein« und »So verliebt wie damals« und »Irgendwo am schönen Rhein« und »Vergessen die Zeit«. Dann wurde Oma schwermütig, die Erinnerungen überwältigten sie. Ein paar kleine Tränen kullerten über ihre faltigen Wangen. Früher, als sie noch besser laufen konnte, ging sie oft und gerne auf den Abteifriedhof in Hamborn und pflegte das Familiengrab. Wenn im Radio die Sendung des Suchdienstes vom Roten Kreuz gesendet wurde, über die vermissten deutschen Soldaten in Russland, hörte sie immer mit traurigen Interesse zu. Ihr Sohn Hans war im Zweiten Weltkrieg in Russland gefallen. Er hinterließ seine Frau Friedchen und die beiden Kinder, Hannelore und Manfred.

Im Krieg noch galt Omas größte Sorge ihrem jüngsten Sohn Paul. Onkel Paul wurde nach einer intensiven Ausbildungszeit bei der Luftwaffe drei Monate vor Kriegsende an der Heimatfront gegen die Bombergeschwader der Angloamerikaner eingesetzt. Er flog die Jagdflugzeuge Focke Wulf und die Me 109 – ein Himmelfahrtskommando. Er wurde viermal von den »Tommys« abgeschossen, konnte sich jedoch jedes Mal wie durch ein Wunder mit dem Fallschirm retten. Bei Kriegsende kam er in englische Kriegsgefangenschaft und hat so den Krieg überlebte.

Omas Schwiegersohn, Josef Esser, der Mann ihrer Tochter Josephin (Finnchen), war Soldat in Russland. Drei Monate nach ihrer Hochzeit musste er an die Front, und meine Tante sah ihn nie wieder. Später wurde sie von der zuständigen Heeresgruppe unterrichtet, dass ihr Mann bei einem Rückzugsgefecht seiner Kompanie verwundet worden war. Seine Kameraden hatten keine Zeit mehr gehabt, ihn mitzunehmen, und so geriet er vielleicht in russische Gefangenschaft. Meine Tante hoffte ihr Leben lang, dass er eines Tages aus Russland heimkehren würde. Sie hatte die Hoffnung nicht aufgegeben und auch nicht mehr geheiratet. Sie lebte bei ihren Schwiegereltern in Köln-Fühlingen, die einen kleinen landwirtschaftlichen Betrieb besaßen. Ich war damals öfter dabei, wenn Oma die Sendungen des Roten Kreuzes im Radio hörte, die über das Schicksal der vermissten Soldaten in Russland Auskunft gaben. Es wurden immer wieder mal einige entlassen, doch ihr Schwiegersohn Josef Esser war leider nicht dabei.

Zeitgeschichte: Bundeskanzler Adenauer in Moskau

1955, mitten im Kalten Krieg, reiste unser Bundeskanzler Konrad Adenauer nach Moskau. Er wurde mit militärischen Ehren vom sowjetischen Ministerpräsidenten Bulganin und der Ehrenkompanie des 3. Garderegiments auf dem Moskauer Flugplatz empfangen. Er grüßte die Soldaten mit dem russischen Gruß »Sdrastwuitje – Guten Tag«. Aus 120 Kehlen schallte es zurück: »Sdraja dalaje! – Immerwährende Gesundheit!«

In seinem schwarzen Mercedes 300, per Bahntransport aus Deutschland vorausgeschickt, fuhr Adenauer in die sowjetische Hauptstadt ins Regierungshotel »Sowjetskaja«. Am nächsten Tag verhandelte er mit Bulganin und Chruschtschow über die Freilassung der Kriegsgefangenen und über die Aufnahme von diplomatischen Beziehungen. Es waren schwierige und auch emotionale Debatten. Es wurde berichtet, dass sich Chruschtschow und Adenauer manchmal mit geballten Fäusten gegenübergestanden seien. Viel Wodka wurde getrunken, wobei der 79-jährige Adenauer erstaunlich gut mithalten konnte. Am Ende jedoch waren die Verhandlungen erfolgreich. Trotz der Bedenken der Westmächte wurden diplomatische Beziehungen zu Russland aufgenommen, die Russen bekamen ein Konsulat in Bonn und die Bundesrepublik ein Konsulat in Moskau. Das war der Preis für die Freilassung der letzten, etwa 10.000 deutschen Kriegsgefangenen, die die Arbeitslager in Sibirien überlebt hatten.

Wieder mal hofften Tante Finnchen, Oma und die Familie Esser vergeblich – der Soldat Josef Esser war leider nicht dabei, er blieb für immer verschollen.

Als die Züge mit den Gefangenen über die Grenze rollten und endlich in Helmstedt in der BRD ankamen, gab es Tränen der Freude, aber auch der Trauer und Enttäuschung. Viele hatten sich über 10 Jahre nicht mehr gesehen. Die lagen sich glücklich in den Armen und manche Kinder sahen ihren Papa zum ersten Mal. Alle waren glücklich, dass sie den schrecklichen Krieg und die Gefangenschaft überlebt hatten. Doch es gab auch Soldaten, die nicht abgeholt wurden, deren Familien im Krieg umgekommen waren. Manche Frauen glaubten, ihr Mann sei tot, und hatten wieder geheiratet. So spielten sich auch echte Tragödien ab.

Viele Ostdeutsche konnten nicht mehr in ihre Heimat zurück, weil dort nach der Vertreibung der Deutschen Polen, Russen oder Tschechen lebten und sie nicht einreisen durften. Sie mussten sich im Rest-Deutschland eine neue Heimat suchen.

Einige Katholiken stimmten das Kirchenlied »Großer Gott, wir loben dich« an und alle Heimkehrer und deren Familien, die das Lied kannten, sangen unter Tränen mit. Danach verabschiedeten sich die Heimkehrer voneinander. Viele waren erschöpft, ausgehungert und krank, alle jedoch waren froh, dass sie den Krieg und die Gefangenschaft überstanden hatten. Nun reisten sie mit ihren Verwandten in die Orte in Deutschland, wo sie zuhause waren, um ein neues Leben zu beginnen. (Nacherzählt nach einer Reportage von Hans Ulrich Kempinski, der beim Besuch Adenauers in Moskau dabei war.)

Mit dem Schicksal der Kriegsgefangenen hat sich Oma öfter beschäftigt, wenn sie mit ihrem Radio alleine zuhause war. Im Übrigen wurde während Adenauers Regierungszeit Omas Rente neu berechnet: Sie bekam nach der neuen Berechnung eine viel höhere Beamtenrente. Oma liebte unseren Bundeskanzler. Er hatte für immer einen Platz in ihrem Herzen.

Gittis Stutenschnitte und Klausis Köpper

Cousinchen Gitti, die Tochter von meiner Tante Anneliese, war damals etwa 14 Jahre alt, sie hatte ein lustiges, vorlautes Mundwerk und versuchte oft, mich zu ärgern. Das war manchmal ein spaßiges Gezanke mit ihr. Wenn es so um 13:00 Uhr klingelte, sagte Oma gleich: »Dat ist die Gitti, dat Kind hat bestimmt ihr Mittagessen zuhause nicht aufgegessen und Appetit auf eine Stutenschnitte.«

Tatsächlich, sobald ich sie reingelassen hatte, ging sie direkt an den Brotschrank. Während sie sich schon die Stutenschnitte schmierte, fragte sie: »Oma darf ich eine Stutenschnitte?« Oma protestierte zwar, aber sie ließ es geschehen, sie wusste ja, wie gerne »dat Kind« Stutenschnitten aß.

Wenn ich mit meinem Freund Theo schwimmen ging, nahmen wir des Öfteren auch meinen Cousin Klaus mit; er war der jüngste Sohn meiner Tante Anneliese. Wir konnten schwimmen, und so versuchten wir auch dem Klausi das Schwimmen beizubringen. Köpper und Arschbombe vom Einmeterbrett sollte er lernen, denn das war damals Standard. Erst jedoch wollten wir mit kleinen Übungen anfangen. Ich stellte mich also auf die Treppe im Nichtschwimmerbecken und machte keinen richtigen Köpper, sondern eher einen Bauchklatscher. Der Klaus wollte das nachmachen, machte aber einen richtigen Köpper. Dabei prallte er mit seiner Nase auf den Boden des Nichtschwimmerbeckens. Erst haben wir gelacht, doch als wir sahen, wie stark er blutete, brachten wir ihn schnell zum Bademeister, der die Blutung stoppte.

Das war also der Klausi-Köpper.

Omas Geburtstag

Immer vor Weihnachten hatte Tante Anneliese viel einzukaufen, denn

Oma hatte am zweiten Weihnachtstag Geburtstag. Dann kam die ganze Familie von nah und fern zusammen. Es wurde der Oma ein Geburtstagsständchen gebracht und Weihnachtslieder gesungen, danach viel Kaffee getrunken, Kuchen gegessen, und manche haben sich auch mal ein Schnäpschen genehmigt. Die meisten sahen sich nicht so oft und hatten sich viel zu erzählen. Es herrschte immer eine tolle Stimmung. Danach fuhr die ganze »bucklige Verwandtschaft«, wie Oma scherzhaft zu sagen pflegte, wieder nach Hause. Am nächsten Tag wurde aufgeräumt, klar Schiff gemacht, wie wir in der Schifffahrt sagen, und der Alltag kehrte wieder ein.

Beginn meiner Seefahrtzeit »vor dem Mast«

Angemustert als Leichtmatrose auf dem Kümo »Mosel«

Für mich wurde es jetzt mal Zeit, zu arbeiten, um Geld zu verdienen. Ich wollte das machen, was ich schon immer machen wollte: zur See fahren. Doch erst mal wusste ich nicht, wie und wo ich anfangen sollte. Um nach Hamburg zu fahren, hatte ich kein Geld. Bei uns in Duisburg gab es jedoch die Reederei Schepers-Rhein-See-Linie. Ihre Küstenmotorschiffe (Kümos) fuhren in der Kleinen Fahrt von Duisburg aus meistens nach Skandinavien. Das wäre für den Anfang wohl das Richtige, dachte ich. Ich kann ja später immer noch auf Große Fahrt gehen.

Nach einem Telefongespräch mit der Personalabteilung sollte ich zu einem Vorstellungsgespräch aufs Büro kommen. Also fuhr ich zum verabredeten Termin nach Ruhrort zum Tausendfensterhaus, wo die Reederei ihr Büro hatte. Von Frau Schneppel, der Leiterin der Personalabteilung, wurde ich freundlich begrüßt. Ich erzählte ihr, dass ich sieben Jahre Matrose auf dem »MS Gaia«, auf der mein Stiefvater Schiffsführer war, in der Binnenschifffahrt gefahren war und dass ich gerne mal zur See fahren würde. Frau Schneppel sah mich eindringlich an. Sie dachte wohl, wenn der sieben Jahre bei Mama und Papa auf einem Binnenschiff gefahren ist, ist er vielleicht ein verwöhntes Muttersöhnchen. Doch es herrschte Personalmangel, und sie konnte froh sein, dass die Reederei einen erfahrenen Matrosen aus der Binnenschifffahrt bekam. Die sieben Jahre würden halb als Seefahrtzeit angerechnet, und sie könne mich als Leichtmatrosen anmustern, sagte Frau Schneppel. Dann erzählte sie mir, wie schön und interessant die Seefahrt doch sei. So hat sie schon viele Binnenschiffer überredet, Seemann zu werden, dachte ich. Die meisten Binnenschiffer wurden jedoch seekrank oder ihnen gefielen die kleinen Kajüten auf den meist alten Kümos nicht. Auch wurden sie erst mal als Leichtmatrosen angemustert und verdienten wenig Geld. Und man konnte erst nach einer Fahrtzeit von einem Jahr als Leichtmatrose und dem Besuch einer Seemannsschule in Norddeutschland den Matrosenbrief für die Seeschifffahrt erwerben. Danach hatte man ein vergleichbares Einkommen wie ein Matrose in der Binnenschifffahrt.

Unter diesen Bedingungen kehrten die allermeisten in die Binnenschifffahrt zurück. Sehr viele Binnenschiffer träumten davon, mal zur See zu fahren, haben es aber nie versucht. Ich wollte es jedoch mal ausprobieren: erst Küstenfahrt, dann Seemannsschule mit anschließendem Matrosenbrief und später Große Fahrt, das war mein Ziel! So könnte ich die Welt kennenlernen, Stürme erleben und meinen eigenen Horizont erweitern – das wollte ich! Dass ich seekrank werden würde, damit hatte ich nicht gerechnet.

Erst mal musste ich jedoch zum Gesundheitsamt. Nach erfolgreicher ärztlicher Untersuchung von einem Arzt der SBG erhielt ich das Seediensttauglichkeitszeugnis. Daraufhin bekam ich vom Seemannsamt Duisburg mein erstes Seefahrtbuch. Die Voraussetzung für eine Anmusterung als Leichtmatrose war damit erfüllt. Frau Schneppel war zufrieden. Sie vermittelte mir auch gleich mein erstes Seeschiff, den Kümo *Mosel*. Das Schiff befand sich auf der Heimreise mit einer Ladung Holz von Schweden nach Alphen a/d Rijn in Holland. Ich bekam Order, in Rendsburg bei der Bunkerstation Röschmann im Kielkanal einzusteigen. Also fuhr ich mit dem Zug hin. Da das Schiff bei meiner Ankunft noch nicht eingetroffen war, wurde mir von der Bunkerstation ein Zimmer zur Verfügung gestellt. Es war bereits Abend, ich war müde und so ging ich schlafen. Man würde mich schon wecken, wenn das Schiff zum Bunkern anlegen würde, sagte man mir.

Am 18. August 1963 um 3 Uhr nachts machte die *Mosel* in Rendsburg an der Bunkerstation fest. Ich packte meine Sachen, ging an Bord und meldete mich bei Kapitän Harms. Danach zeigte der Steuermann Carsten mir meine neue Unterkunft. Das war ein größerer Raum unter der Back im Vorschiff mit vier Kojen. Hier hausten wir, drei Leichtmatrosen und ein Jungmann. Nachdem ich mich umgezogen hatte, verstaute ich mein Gepäck in einem Spint. Jetzt nahm ich meine Papiere und mein Seefahrtbuch und ging zurück zum Kapitän. Der hatte einen Beamten vom Seemannsamt Rendsburg bestellt, der mich als Leichtmatrose auf der *Mosel* anmusterte.

Der Steuermann, Herr Carsten, erklärte mir schnell das Wichtigste vom Schiff. Das Kümo *Mosel* war 47 m lang , 299 BRT, Heimathafen Duisburg-Ruhrort, Bauwerft Triton Werft Walsum, Baujahr 1954, Maschine MA K 300 PS, Geschwindigkeit 9 kn. Das Schiff hatte zwei Masten und zwei Ladebäume mit den dazugehörigen Decksmotoren. Man konnte also mit den eigenen Bäumen laden und löschen. Für die Fahrt auf dem Rhein musste man die Masten mit Hilfe der Winschen jedoch umlegen. Die Ladeluke wurde mit Holzdeckeln verschlossen. Diese wurden mit zwei Persenningen abgedeckt und an den Seiten mit Holzkeilen gesichert. Das Schiff hatte einen Magnetkompass und noch keine automatische Steuerung. Auf See mussten wir das Schiff mit der Hand auf Kompasskurs steuern. Mir war klar, dass ich noch viel lernen musste und dass mir eine harte Zeit an Bord der *Mosel* bevorstand.

Kümo *Mosel*

Die Besatzung der *Mosel* waren: Kapitän F. Harms aus Aurich, Ostfriesland (ein Teetrinker); Kapitän W. Brockhoff, wohnhaft in Emmerich. Er stammte jedoch aus Stettin, wo er ein Haus hatte, das nach dem Krieg polnische Kriegsbeute geworden war. Er hatte nie die Hoffnung aufgegeben, dass Stettin, da es westlich von Oder und Neiße liegt, eines Tages von Polen an Deutschland zurückgegeben würde. Dann würde er sein Haus zurückbekommen, dachte er. Viele Jahre später fand Kapitän Brockhoff beim Untergang seines Schiffes in einem schweren Sturm auf der Nordsee den Seemannstod.

Steuermann Carsten aus Stade war nautischer Offizier auf der *Mosel*. Er hatte zwei Monate zuvor die Prüfung auf der Seefahrtschule in Stade, »Nautischer Offizier Kleine Fahrt A2«, bestanden. Vorher war er als Matrose in der Großen Fahrt gefahren. Als sein Schiff nach langen Reisen über die Weltmeere Hamburg angelaufen hatte, konnte er endlich nach Hause. Nach der langen Fahrtzeit bekam er sechs Monate Urlaub. Seine Frau hatte ihn dazu überredet, für ein Semester in Stade die Seefahrtschule zu besuchen. Er mochte die Kleine Fahrt eigentlich nicht. Er sehnte sich in die Große Fahrt zurück. Dafür war sein Patent jedoch zu klein. So wollte er ein Jahr als Steuermann mit seinem A2 in der Kleinen Fahrt fahren. Danach würde ihm die Patentbehörde auf Antrag, ohne Prüfung, das Patent A3, »Kapitän Kleine Fahrt«, aushändigen. Dann, sagte er, würde er entweder als Kapitän in der Kleinen Fahrt fahren oder noch mal die Seefahrtschule besuchen, um ein Patent für die Große Fahrt zu erwerben.

Privat war er ein bunter, lustiger Vogel, der gut Englisch sprach, gerne Alkohol trank und die Häfen der Welt kennengelernt hatte.

Der Matrose Jens aus Norden in Ostfriesland: Er war ein ziemlich ruppiger und rauer Typ, der in Holland in Urlaub gehen würde.

Der Leichtmatrose Hermann aus Bochum war immer in der Großen Fahrt gefahren, wollte jetzt sechs Monate in der Kleinen Fahrt fahren, um danach seinen Matrosenbrief zu machen. Man merkte, dass er aus der Großen Fahrt kam: Er hatte Weitsicht und gute Manieren, außerdem kam er aus dem Kohlenpott, das verband uns.

Der Leichtmatrose Horst aus Stralsund war von einem DDR-Schiff geflüchtet. Er fuhr schon einige Zeit bei der Reederei in der Kümofahrt als Leichtmatrose zur See. Er war sehr vertraut mit Kapitän Harms, der ihn Schmadderhorst nannte, weil er die Maschine gut kannte und eine von Öl und Fett fast wasserdichte Hose trug. Er besaß auch das kleinste Maschinenpatent, das C-Mot. Wenn wir nachts mit dem Schiff in der Ostsee waren, telefonierte Horst manchmal über Rügen-Radio mit seiner Mutter in Stralsund. Die machte sich immer Sorgen um ihn. Er war ein Republikflüchtiger und durfte nicht mehr in die DDR einreisen.

Jungmann Dieter aus Düsseldorf, ein großer, etwa 19-jähriger, lustiger Junge mit wenig Respekt und Disziplin machte die Kombüse. Dieter war als Waise in einem Kinderheim aufgewachsen.

Meine erste Seereise von Rendsburg nach Rotterdam

Endlich waren wir fertig mit Bunkern und Proviantieren. Dann hieß es Leinen los, vor und achtern. Langsam legte das Schiff von der Kai ab und wir steuerten auf den Kielkanal Richtung Brunsbüttel, Schleuse. Die Wachen wurden eingeteilt. Der Kapitän, Matrose Jens und Horst gingen die 06- bis12-Wache. Der Steuermann Hermann und ich gingen die 12- bis 06-Wache. Wir waren ein Zwei-Wachen-Schiff, sechs Stunden Wache, sechs Stunden frei. Da wir mit der Hand steuern mussten, wechselten wir uns ab, Hermann steuerte eine Stunde und ging danach eine Stunde Ausguck, dann steuerte ich eine Stunde und ging dann eine Stunde Ausguck. Wir steuerten nach Anweisung des Steuermanns oder nach Kompasskurs. Das Steuern auf Sicht hatte ich auf der *Gaia* gelernt. Mit dem Steuern nach Kompass hatte ich im Anfang etwas Schwierigkeiten, doch nach kurzer Zeit hatte ich es gelernt.

Die Schleuse Brunsbüttel haben wir gerade verlassen. Der Steuermann machte eine Eintragung im Schiffstagebuch: »Steuern auf der Elbe nach Land und Seezeichen Richtung See«. Später passierten wir Cuxhaven Kugelbake bei Wind aus West, Stärke 4. Der Wetterbericht von Norddeich-Radio sagte für die nächsten Tage Sturm voraus. Wir hofften, dass wir noch vor dem Sturm in Hoek van Holland einlaufen würden.

Ich hatte Freiwache und ging schlafen. Nach dem Mittagessen um 12 Uhr war ich wieder auf der Brücke und ging mit dem Steuermann und Kollegen Hermann Brückenwache. Der Wind nahm weiter zu. Das Schiff fing an zu stampfen und zu schlingern. Was war denn das? Mir wurde schlecht. Ich übergab schnell das Steuer an den Kollegen Hermann und rannte an die achtere Reling, wo ich das ganze Mittagessen in die Nordsee erbrach. »Ich bin seekrank, so eine Scheiße!«, stellte ich fest. Außerdem musste ich aufpassen, dass ich nicht gegen den Wind kotzte, denn dann hätte mir der Wind die ganze Suppe wieder zurück ins Gesicht geblasen. Der Wind nahm weiter zu. Immer wieder musste ich brechen. Der Magen war leer, trotzdem würgte ich noch gelb-grüne Flüssigkeit raus, ekelhaft. Die Kollegen gaben mir den Rat, Schwarzbrot zu essen, doch das machte es noch schlimmer. Es blieben nämlich ein paar Körner in der Nase hängen. Endlich war meine Wache zu Ende, ich wollte schnell ins Bett, doch das war gar nicht so einfach, denn wir wohnten unter der Back im Vorschiff. Das Schiff stampfte gegen die hohe See, Wasser kam über die Back. Der Kapitän drehte das Schiff in den Wind und ging mit der Maschine auf ganz langsame Fahrt. In einem günstigen Moment rannten Hermann und ich los und erreichten trockenen Fußes unsere Kabine im Vorschiff. Auch Hermann war seekrank.

»Auf Großer Fahrt war ich nie Seekrank«, sagte er, »doch dieser Scheißkümo schlingert ja wie eine Affenschaukel.«

Nun wollte auch ich mich erklären, kaum hatte ich aber das Wort Binnenschifffahrt ausgesprochen, winkte Hermann ab und meinte: »Halt bloß die Klappe, das kann man ja wohl nicht vergleichen!« Ich hielt den Mund und dachte bei mir selbst: Wo er recht hat, hat er recht.

Jetzt brach der Sturm mit Stärke 9 los. Das Schiff stampfte gegen die hohe nordwestliche See. Der Bug wurde immer wieder von einer Welle hochgetragen und fiel dann wieder tief ins Wellental zurück. Ich lag in meiner Koje und hielt mich krampfhaft fest. Es war wie in einem Aufzug. Um nicht so hart in die hohe See hineinzustoßen, hatte der Kapitän die Maschine auf »halbe Fahrt« gedrosselt. Unsere Geschwindigkeit betrug nur noch 3 kn/h, erzählte mir später der Steuermann. Wir sollten schon lange wieder Wache gehen, aber die See war zu hoch und es war zu gefährlich, um auf die Brücke zu gelangen. So waren wir etwa 20 Stunden in unserer Kajüte unter der Back eingeschlossen. Essen brauchten wir ja nicht, wir hätten sowieso alles wieder ausgebrochen. So tranken wir immer wieder etwas Limonade, von der reichlich vorhanden war. Endlich merkten wir, dass das Schaukeln nachließ. Als wir das Schott aufmachten, fuhren wir gerade auf der Niewe Waterweg an Hoek van Holland vorbei.

Ich sagte zu Hermann: »Das mach ich nicht mehr mit, im nächsten Hafen steige ich aus und gehe zurück in die Binnenschifffahrt!«

Vorerst jedoch hatten wir nur Hunger und gingen nach achtern in die Kombüse, um etwas zu essen. In Rotterdam an der Parkkade klarierten wir ein. Danach fuhren wir mit Lotsenberatung über die Niewe Maas und die Hollandsche Ijssel zu unserem Löschhafen nach Alphen a/d Rijn.

Am späten Nachmittag kamen wir an. Wir machten das Schiff löschklar, denn am nächsten Morgen sollten wir die Fracht mit eigenem Geschirr löschen. Als wir endlich Feierabend hatten, feierten wir Jens' Abschied und meinen Einstand. Jens hatte noch eine Flasche Wodka. Jeder bekam eine Kaffeetasse voll, dann hieß es: »Prost Jens, komm gut nach Hause!« Daraufhin wurden die Tassen auf ex leergetrunken. Danach gings angetrunken in die Stadt, dort tranken wir weiter. Später hatten wir in einer Kneipe etwas randaliert. Die Polizei brachte uns daraufhin an Bord. Der Steuermann wurde informiert. Ihm wurde von der Polizei mitgeteilt, dass wir Landverbot hätten. Kaum war die Polizei weg, gingen Jens und Dieter wieder an Land. Sie klauten ein Fahrrad und fuhren damit in die Stadt. Wir anderen gingen schlafen. Jens war ein schwieriger Zeitgenosse, ich war froh, als er am anderen Morgen das Schiff verließ.

Am nächsten Morgen um 6 Uhr kurbelten wir mit der Hand die Decksmotoren an und das Löschen mit unseren eigenen Ladebäumen konnte beginnen. Der hintere Baum wurde von Hafenarbeitern von Land aus bedient. Mit dem vorderen Baum arbeiteten wir selber. Ich schaute interessiert zu, wie Hermann und Horst die Winsch und den Ladebaum bedienten. Die Holzpakete wurden eingehakt und anschließend angehievt. Dann wurde der Ladebaum, an dem das Holzpaket hing, vom Schiff mit einer Talje über Land gezogen und dort abgesetzt. Später habe ich unter Anweisung meiner Kollegen etwas geübt und schließlich den Ladebaum selbst vorsichtig bedient.

Nach drei Tagen war unsere Ladung endlich gelöscht und wir fuhren in Ballast nach Duisburg. Hier luden wir an zwei verschiedenen Ladestellen eine Ladung Stahl für Kopenhagen. Als die Ladung endlich im Schiff war, wurde sie gelascht, danach die Ladeluke mit den vielen Holzlukendeckeln abgedeckt und schließlich die Persenning darübergezogen. Die Masten mussten wegen der niedrigen Brückenhöhe auf dem Rhein wieder umgelegt werden. Das war viel Arbeit, aber wir waren jung und voller Power. Als alle Arbeiten beendet waren, machte der Steuermann eine Eintragung im Schiffstagebuch: »Die Ladung wurde nach Seemannsbrauch gelascht. Das Schiff ist für die Reise nach Kopenhagen in allen seinen Teilen in gutem, seetüchtigem Zustand.«

Unsere Reederei hatte einen Rentner, der früher mal Binnenschiffer gewesen war, als Rheinlotsen eingestellt. Wenn jedoch mehrere

Reedereischiffe auf dem Rhein unterwegs waren, konnte der Lotse natürlich nur auf einem Schiff sein. Dann mussten die Kapitäne selber fahren. Kapitän Harms hatte wohl ein Rheinpatent, aber er hasste es, auf dem Rhein selber zu fahren. Die Reederei hatte jedoch dafür gesorgt, dass alle ihre Nautiker ein Rheinpatent hatten. Es war auch einfach. Alle, die ein Seepatent hatten, brauchten nur acht Reisen auf dem Rhein zu Berg und zu Tal machen, dann bekamen sie ohne Prüfung das Rheinpatent ausgehändigt. Sogar unser Steuermann, der auf dem Rhein nie auf der Brücke war, sammelte Reisen für sein Rheinpatent. Er sagte mal auf Plattdeutsch: »Den Angelschein wul ik ok wel hebben.« Kapitän Harms meckerte auch immer über die Binnenschiffer. »Die letzten Menschen«, sagte er. Als er jedoch merkte, dass ich auf dem Rhein fahren konnte, wurde ich von allen Decksarbeiten freigestellt und musste steuern. Es war eine schwere körperliche Arbeit, das Schiff lange Zeit mit der Hand zu steuern. Horst und Hermann konnten das Schiff auf dem Rhein nicht steuern. Ich war froh, dass ich etwas konnte, was die beiden nicht konnten, denn im Seemännischen waren sie wieder besser als ich. Zusammen, bei der Arbeit und auch privat, waren wir jedoch ein unschlagbares Team.

Dann hieß es »Leinen los!« in Duisburg und ich steuerte das Schiff nach Anweisung von Kapitän Harms zu Tal. Sonst verstand ich mich gut mit ihm, doch wenn ich ihm Tee auf die Brücke brachte, war er immer unzufrieden.

»Du lernst das nie!«, sagte er zu mir. »Das kann man auch nicht lernen, dazu muss man Ostfriese sein.«

So ein eingebildeter Kerl, dachte ich. Doch ich muss schon gestehen, es ist eine kleine Wissenschaft für sich, den Ostfriesentee mit Klundjes richtig zuzubereiten.

Diesmal hatten wir gutes Wetter auf der Nordsee und erreichten ohne Besonderheiten Rendsburg am Kielkanal. Hier bunkerten wir und übernachteten, denn am nächsten Morgen sollte ein Monteur kommen, um etwas zu reparieren.

Steuermann Carstens Frau Heike besuchte uns. Wir saßen alle gesellig in der Messe beisammen, hörten Musik und unterhielten uns. Ich trank Bier, doch die anderen tranken Scharlachberg. Am Anfang verdünnten sie noch mit Coca-Cola, doch später tranken sie den Cognac pur. Nach einiger Zeit war Carsten, sehr zum Ärger seiner Frau, blau und ging schlafen. Auch Hermann stand auf und ging ebenfalls. Ich war noch ziemlich nüchtern. Unser Kapitän saß da, lallte manchmal irgendetwas, aber meistens stierte er nur so vor sich hin oder schlief. Der Horst war noch ziemlich nüchtern und machte sich an Heike, die Frau des Steuermanns, ran. Sie knutschten wild miteinander und Horst griff ihr gekonnt in den Ausschnitt. Heike machte gerne mit, doch auf einmal bewegte sich der Kapitän. Schnell machte Heike sich von Horst frei und sagte: »Horst, hör auf, der Kapitän guckt.«

»Der guckt nicht«, sagte Horst und machte weiter.

Auf einmal schämte sich Heike, denn ich saß ja auch noch da. Horst guckte mich böse an. Daraufhin meinte ich: »O.k., ich geh ja schon!« Ich nahm mein Bier und ging schlafen. Es ging manchmal ganz schön wild zu. Aber sie mussten halt wissen, was sie taten.

Am nächsten Tag setzten wir bei gutem Wetter unsere Reise fort. Nach anderthalb Tagen Fahrtzeit durch den Kielkanal, die westliche Ostsee und den Sund erreichten wir am frühen Nachmittag Kopenhagen. Löschbeginn war erst am darauffolgenden Morgen. Ich kaufte beim Kapitän eine Stange zollfreier Zigaretten und eine Flasche Scharlachberg. Da ich nicht rauchte und nicht trank, verkaufte ich die Sachen gewinnbringend an die Hafenarbeiter und hatte so gleich dänische Kronen für den Landgang. Hermann tat dasselbe. Anschließend gingen wir gemeinsam an Land, um die Stadt zu besichtigen.

Am nächsten Tag wurde das Schiff gelöscht. Am Abend war alle Ladung von Bord und unser Agent kam aufs Schiff mit neuer Order. Wir sollten in Ballast nach Kolberg in Polen fahren. Dort würden wir Ziegelsteine laden für Lulea, einen schwedischen Hafen am nördlichsten Teil des Bottnischen Meerbusens. Also hieß es wieder Leinen los, und wir nahmen Kurs auf Kolberg in Pommern.

Unsere Reise dauerte zwei Tage. Kapitän Harms nahm über Funk Verbindung auf mit Kolberg, polnisch Kolobrzeg Port, auf. Vom Hafenamt wurde ihm mitgeteilt, dass wir erst mal vor Anker gehen sollen. Nachdem wir geankert hatten wurde am vorderen Mast die polnische Flagge, die Gastlandflagge, gehisst. Die *Mosel* war das erste westdeutsche Schiff, das nach dem Krieg Kolberg besuchte. Unser Kapitän war kein Polenfreund. Er hatte noch schöne Erinnerungen an Kolberg aus deutscher Zeit. Er blickte grimmig drein und meinte: »Scheiß-Polacken, mussten sie all die Deutschen vertreiben?« Die Russen hatten ca. drei Millionen Polen vertrieben, die Polen hatten jedoch ca. acht Millionen Deutsche vertrieben oder ausgesiedelt. »Die haben sich ein bisschen zu viel vom großen Kuchen abgeschnitten«, meinte Harms.

Am Nachmittag kam aber dann doch schon der Lotse an Bord. Wir hievten den Anker und liefen in den Hafen von Kolberg ein. Danach wurden wir einklariert und bekamen zwei Wachsoldaten vors Schiff gestellt. Wir machten ladeklar und wollten anschließend an Land. Es herrschte aber zu der Zeit in Polen eine Grippewelle, ohne Impfung durfte keiner an Land. Wir haben keine Chance, dachten wir, doch Steuermann Carsten bestand auf den Landgang. Harms war sauer – er müsste dafür einen Arzt an Bord holen –, er tobte, diskutierte und beleidigte unseren Chief Officer, indem er sagte: »Herr Carsten, Sie sind der letzte Mensch!«

Unser Chief lächelte nur und antwortete: »Das mag wohl sein, aber ich bestehe auf meinen Landgang.«

Wütend bestellte der Kapitän den Hafenarzt, wir wurden alle geimpft. Unser Kapitän wollte nicht, aber widerwillig musste er sich aber doch impfen lassen.

Es war früher Nachmittag, wir hatten noch viel zu tun. Der Ballast musste gelenzt werden und der Steuermann erstellte einen Stauplan für unsere Ladung Ziegelsteine. Wir verrichteten noch andere Decksarbeiten. Um 18 Uhr jedoch war Ladebeginn; die ganze Nacht über sollte geladen werden und so teilte uns der Steuermann zur Ladungswache ein. Dieter, unser Küchenjunge, brauchte an Deck nicht mitzuarbeiten, und so hatten wir ihn zur Erkundung an Land geschickt. Er war inzwischen wieder an Bord und war begeistert. Am Eingang zur Stadt waren das Seemannsheim und der Marineclub. Dieter hatte ein Bier im Club getrunken. Am Tresen hatten einige Marinesoldaten gesessen und »unheimlich gute Weiber«, die ihm auch gleich »schöne Augen« gemacht hätten, sagte er.

Es war bekannt unter Seemännern, dass polnische Frauen schön, sinnlich, willig und sexy sind. Es waren meistens »leichte Mädchen«, die für ein paar Nylonstrümpfe, eine Stange Zigaretten oder etwas Geld mit den Matrosen Liebe machten. Polen war arm, viele Mädchen waren gezwungen, etwas dazuzuverdienen, doch sie hatten auch manchmal ihren Spaß dabei.

So gingen wir voller Erwartung einer nach dem anderen an Land. Der jeweilige Wachmann musste natürlich an Bord bleiben, um das Laden zu beaufsichtigen. Als ich endlich an der Reihe war, meldete ich mich bei der Wache vor unserem Schiff ab und ging auf direktem Weg zum Marineclub in die Stadt. Nachdem ich das Clubhaus betreten hatte, befand ich mich in einem großen Saal, der mit Motiven aus der Seefahrt ausgeschmückt war. An dem langen Tresen und auch an den Tischen saßen meistens Marineangehörige in Uniform mit ihren Mädchen und tranken alkoholische Getränke. Auf einer Tanzfläche tanzten einige Pärchen nach der Musik einer Band. Endlich entdeckte ich den Tisch, an dem Carsten, Hermann und Horst mit zwei Mädchen saßen. Ich setzte mich dazu und bestellte mir ein Bier. Am Nachbartisch saßen einige Männer in Zivil mit ihren Mädchen und feierten mit viel Wodka den Geburtstag von irgendjemandem. Mit viel »Nastrovje!« wurde sich zugeprostet und der Wodka floss in Strömen. Der Wortführer am Nachbartisch, ein ziemlicher vulgärer Kotzbrocken, konnte Englisch und kam mit unserem Carsten ins Gespräch. Als er hörte, dass wir Westdeutsche waren, wurden wir eingeladen. Wir gratulierten zum Geburtstag. Danach wurden die Tische zusammengeschoben und wir haben uns mit Händen und Füßen verständigt. Alle Getränke wurden von den Polen bezahlt.

Hermann und ich beteiligten uns nicht so sehr an der Sauferei, sondern tanzten lieber mit den Mädels. Wir mussten noch dafür sorgen, dass wir ein paar polnische Zlotys bekamen. Als ich mit Horst auf der Toilette war, wurden wir von einem Polen angesprochen. Ich tauschte 10 DM und Horst eine Stange Zigaretten.

Die uniformierten Marinematrosen um uns herum wurden eifersüchtig und sauer, denn es kamen immer mehr Mädchen an unseren Tisch. Alle unsere Getränke wurden jedoch von unseren Polen bezahlt – das war verdächtig. Irgendjemand von der Marine hatte wohl inzwischen die Polizei informiert. Alle Polen an unserem Tisch mitsamt den Mädchen wurden von der Polizei mitgenommen. Uns hat man auch kurz verhört. Wir sollten uns in Richtung Schiff in Bewegung setzen und uns bei der Hafenpolizei melden, sagte man uns.

Zwei Mädchen waren noch von der Razzia übrig geblieben. Die begleiteten uns zur Hafenpolizei. Carsten und ich wir hakten uns bei der molligen Blonden ein, während Hermann und Horst sich bei der kleinen molligen Brünetten einhakten. Wie wir später die zwei Mädchen unter uns vier Jungs aufteilen sollten, wussten wir noch nicht. Während wir uns im Polizeibüro meldeten, warteten die Mädchen auf dem Flur auf uns. Ein dicker, freundlicher Polizist, der Deutsch sprach, verhörte uns. Er erklärte uns erst mal, dass wir illegal in Polen seien. Wir hätten uns, nachdem wir uns bei dem Soldaten, der vor unserem Schiff stand, abgemeldet hatten, bei der Hafenpolizei noch mal melden sollen. Die hätten dann unseren Landgangsausweis abstempeln sollen. Wir wussten das aber nicht. Erst mal wurde alles Geld, das wir noch hatten, beschlagnahmt, dazu Zigaretten und eine Flasche Schnaps. Außerdem sollte jeder eine Strafe von 100 DM zahlen. Da sie uns das bisschen Geld, das wir noch gehabt hatten, abgenommen hatten, konnten wir natürlich die 100 DM nicht zahlen. Horst protestierte, er gehe lieber nach Sibirien, als zu zahlen. Die Polizisten lachten. Wir waren ja auch alle angetrunken. Carsten fiel während des Verhörs immer wieder in Schlaf. Die Polizisten wurden sauer. Nachdem sie seine Personalien aufgenommen hatten, schickten sie ihn an Bord, sie hätten uns ja noch, meinten sie. Der Dicke deutschsprachige Polizeioberst war uns wohlgesonnen. Er machte den Vorschlag, dass wir alle zusammen nur einmal 100 DM zu zahlen bräuchten, aber einer von uns müsste unterschreiben. Da keiner wollte, sollte das Los entscheiden. Ich nahm vier Streichhölzer und brach eines durch. Wer das kurze ziehen würde, hätte verloren. Ich hielt jetzt die Streichhölzer verdeckt in der Hand. Auch die Polizisten schauten gespannt zu. Horst zog als erster und zog ein langes Streichholz. Jetzt zog Hermann und er zog das kurze, also war die Sache mit der Unterschrift geklärt.

Es wurde an die Tür geklopft, Carsten trat ein. Er entschuldigte sich und fragte, an die Polizisten gewandt, ob er mich mitnehmen könne, weil es zu regnen angefangen habe und wir einen Teil der Luken schließen müssten. Der Polizeioberst nickte, für die letzten offenen Fragen hätten sie ja immer noch die anderen beiden, meinte er. Also stand ich auf, verabschiedete mich und schon stand ich mit Carsten draußen. Horst und Hermann rieben sich die Hände, sie dachten wohl, die beiden sind wir los, jetzt gehören die Frauen, die draußen warten, uns. Als wir jedoch das Zimmer verlassen hatten, klärte Carsten mich auf, wir müssten nicht aufs Schiff, die Mädchen gehörten jetzt uns. Jetzt ging mir erst ein Licht auf.

Ich gefiel der Blonden und sie gefiel mir. Sie hieß Brigitta, sprach nur wenig Deutsch und stammte aus Galizien. Ihre Familie hätte man nach dem Krieg nach Kolberg verpflanzt, erklärte sie mir. Es war tiefschwarze Nacht. Brigitta nahm mich an die Hand und führte mich durch die dunkle Nacht zum Haus, in dem sie wohnte. Sie schloss die Haustür auf und führte mich vorsichtig durch das dunkle Treppenhaus in die dritte Etage. Jetzt schloss sie ihre Wohnungstür auf, zog mich hinein, machte die Tür wieder zu und schaltete endlich das Licht an. Wir zogen schnell unsere Mäntel aus und küssten uns leidenschaftlich. Danach ließen wir uns aufs Bett fallen und hatten Sex. Nach einiger Zeit, als sich unser Blut ein wenig beruhigt hatte, machten wir eine Pause. Sie kicherte immer wieder und erklärte mir etwas schadenfroh, dass der Steuermann jetzt mit ihrer Freundin Sex auf der Parkbank im Park macht. Etwas später teilte ich ihr mit, dass ich sie um 5 Uhr verlassen musste, daraufhin verging ihr das Lachen. Sie wollte, dass ich ein paar Tage bei ihr bleibe. Wir tranken noch etwas Wein und schmusten und sexsten bis um 4 Uhr, danach schlief ich erschöpft ein.

Um 6 Uhr wurde an der Tür geklopft. Brigitta sprang aus dem Bett und ließ ihre Freundin rein. Jetzt sprang auch ich aus dem Bett und wollte mich anziehen, doch Brigitta hatte alle meine Sachen versteckt. Ich suchte danach, doch die beiden Freundinnen versuchten mich daran zu hindern. Ich balgte so eine halbe Stunde mit den beiden herum, bevor ich endlich angezogen war. Die Mädchen hatten viel Spaß, doch ich hatte Angst, dass ich zu spät komme und mein Schiff ohne mich auslaufen würde. Als sie merkten, dass sie mich nicht mehr aufhalten konnten, bekam ich noch ein Küsschen und rannte schnell die Treppe runter und befand mich endlich auf der Straße.

Jetzt rannte ich so schnell ich konnte zum Schiff. Der Wachposten am Schiff wusste Bescheid und winkte mich gleich durch. Meine Kollegen waren dabei, das Schiff seeklar zu machen. Harms hatte schon ein paarmal nach mir gefragt, doch Horst sagte immer, der ist am Scheißen. Er wollte gerade nach vorne kommen, als ich an Deck kam. »Bist du auf der Toilette eingeschlafen?«, fragte er mich. »Es war eine schwere Geburt, Herr Kapitän«, antwortete ich.

Wir waren klar zum Auslaufen, der Lotse war schon an Bord, da stoppte ein Auto vor dem Schiff. Unser dicker Freund von der Hafenpolizei stieg aus und kam an Bord.

»Was denn noch?«, fragte unser Kapitän ärgerlich.

»Die Besatzung ist illegal an Land gewesen und muss eine Strafe von 100 DM bezahlen«, antwortete der Polizist.

»Ich kann den Leuten keinen Vorschuss mehr gewähren, die sollen sehen, wie sie das bezahlen«, meinte der Kapitän.

»Na ja«, sagte unser Hafenpolizist lächelnd, »dann darf das Schiff nicht auslaufen.«

»Das ist was anderes«, sagte Harms schnell, fischte einen 100-DM-Schein aus seinem Portemonnaie, das er zufällig bei sich trug. Er gab es den Polizisten, der ihm dann eine Quittung ausstellte.

»Alles klar, und gute Reise!«, wünschte uns die Hafenpolizei von Kolberg. Dann hieß es »Leinen los!«.

Langsam steuerte die *Mosel* aus dem Hafen nach See. Der nächste Bestimmungshafen war Lulea in Schweden.

Ballastreise Kolberg – Lulea

Die Reise ging nach Norden, vorbei an der schwedischen Insel Gotland. Zwei Tage später hatten wir die finnischen Alandinseln querab. Danach fuhren wir durch den Bottnischen Meerbusen und erreichten am 9. September 1963 Lulea. Der Bottnische Meerbusen besteht ausschließlich aus Süßwasser, deshalb ist er jedes Jahr zugefroren. Lulea liegt an der Mündung des Lule älv und ist ein wichtiger Erzhafen, der im Winter leider zugefroren ist. Das Erz wird aus Kiruna, einer Stadt nahe der norwegischen Grenze, per Bahn nach Lulea transportiert.

In Lulea haben wir drei Tage mit eigenem Geschirr gelöscht. Danach haben wir – wieder mit eigenen Geschirr – Holz geladen für Düsseldorf. Wir waren mehrmals an Land und hatten jetzt keinen Pfennig Geld mehr. Vorschuss gab es auch keinen mehr, also blieben wir an Bord.

Am frühen Abend kam Carsten zu mir und fragte, ob ich mit an Land käme, denn am Abend wäre Livemusik und Tanz in einer Bar.

Er wollte mir zwei oder auch drei Runden Coca spendieren, denn Alkohol war in Schweden sehr teuer. Wir hatten aber immer eine Flasche zollfreien Schnaps dabei, um die Cola zu verdünnen. O.K., sagte ich, zog mich um und wir gingen los.

Die Bar war voll, wir fanden jedoch Platz an einem Tisch mit Ehepaaren mittleren Alters. Es herrschte eine tolle Stimmung. Ich tanzte nicht so viel, aber Carsten tanzte viel mit einer der verheirateten Frauen, die bei uns am Tisch saßen. Ihr Ehemann wollte nach Hause und ich hörte, wie er zu seiner Frau sagte, wenn sie Lust hätte, könnte sie ihren Tanzpartner ruhig mit nach Hause nehmen, er hätte nichts dagegen. Doch die Frau sagte, der ist mir viel zu besoffen, den will ich nicht. Die Schweden nahmen das mit der Treue in der Ehe wohl nicht so genau, stellte ich fest. Die Leute verabschiedeten sich, und wir saßen jetzt alleine am Tisch.

An einem Nachbartisch saßen drei ältere gepflegte Herren. Auf ihren Tisch stand eine Flasche Whisky, aus der sie sich immer mal wieder bedienten. Carsten blickte voller Sehnsucht auf die Whisky-Flasche. Dann sagte er zu mir: »Wetten, dass ich von dem Whisky etwas abbekomme?« Ich schaute ihn ungläubig an und sagte, ich wüsste es nicht. Bald darauf stand er auf und ging in Richtung Toilette. An dem Tisch, auf dem die Whiskyflasche stand, blieb er stehen und sprach die Leute an. Er sprach ja sehr gut Englisch und dachte wohl, er könnte die Leute beeindrucken, aber diesmal klappte es wohl nicht. Die Männer am Tisch wehrten ihn ab, sie wollten ihn nicht, stellte ich ein bisschen schadenfroh fest. Daraufhin ging er zur Toilette. Als er jedoch zurückkam, stand er schon wieder an ihren Tisch. Und siehe da, auf einmal saß er mit am Tisch und sie schenkten ihn ein Glas Whisky ein. Er redete und redete und ich sah, wie sie ihm gespannt zuhörten. Auf einmal sah ich, wie er auf mich zeigte. Bald darauf stand einer der Herren auf, kam zu mir und lud mich zu einem Glas Whisky ein. Carsten war in seinem Element, er erzählte – in Englisch – Geschichten aus der großen weiten Welt. Die Hälfte davon war Seemannsgarn, aber die Leute lauschten gespannt seinen Erzählungen. Es wurde spät, die Flasche auf dem Tisch war leer. Die Männer an unserem Tisch verabschiedeten sich und gingen nach Hause. Die Band hatte aufgehört zu spielen – wir waren die letzten Gäste. Ein Kellner kam und forderte uns auf, das Lokal zu verlassen. »Wenn das so ist«, lallte Carsten, »komm, Jürgen, zum Abschied machen wir noch ein bisschen Musik.« Wir waren beide blau, und das mit dem Musikmachen fand ich auch gut. So setzte ich mich ans Schlagzeug und Carsten schnappte sich eine Trompete. Doch bevor wir richtig anfangen konnten, kamen zwei Kellner angerannt und hinderten uns daran.

»Ihr Spielverderber!«, lallte Carsten. »Wir gehen nur noch auf die Toilette«, sagte er zu den Kellnern, »dann sind wir weg.«

Als die Kellner gegangen waren, holte sich Carsten die Trompete und sagte zu mir: »Die nehmen wir mit!« Ich wollte ihn davon abbringen, doch er wollte nicht auf mich hören. Ich habe noch mit ihm um die Trompete gerungen, doch ich schaffte es nicht, sie ihm wegzunehmen. »Du musst selber wissen, was du tust, ich will aber nichts damit zu tun haben. Übrigens, an dem Rausschmeißer vor der Tür kommst du sowieso nicht vorbei«, sagte ich zu ihm.

Jetzt rannte Carsten noch mal zurück, und ich dachte, dass er die Trompete zurückbringen würde. Tatsächlich kam er anschließend ohne Trompete zurück, ich atmete erleichtert auf. Der Türsteher bekam unser letztes Kleingeld, er konnte Deutsch und wünschte uns noch eine gute Nacht.

Es hatte schon etwas geschneit, als wir auf die Straße kamen. Nachdem wir ein kleines Stück gegangen waren, meinte Carsten, wir müssten noch etwas abholen. Ich wusste nicht was er meinte. Ich folgte ihm in den Hinterhof von unserer Bar. Da lag die Trompete unter dem vergitterten Toilettenfenster im Schnee. Ich war verärgert – so ein Saukerl, dachte ich, doch ich sagte mir, er ist mein Vorgesetzter und selber verantwortlich für das, was er tut. Doch jetzt stapften wir endlich mit Täterä, denn Carsten blies auf der Trompete, durch den Schnee zum Schiff.

Reise Lulea–Düsseldorf

Am nächsten Tag um 13 Uhr waren wir voll mit Holz beladen für Düsseldorf. Anschließend haben wir seeklar gemacht, der Lotse kam an Bord und dann machten wir die Leinen los – die Reise nach Düsseldorf hatte begonnen. Der Wetterbericht war nicht so gut. Der Wind blies mit einer Stärke von 8–9 aus Nordwest. Wir schipperten ganz dicht an der schwedischen Küste entlang nach Süden, passierten den Kalmarsund und erreichten die Schleuse Kiel-Holtenau.

Während der Reise lief unser Steuermann auf der Luke nach achtern. Das Schiff schlingerte leicht, er fiel unglücklich und brach sich dabei den Arm. In Kiel ging er erst mal ins Krankenhaus, wo sein Arm eingegipst wurde. Er wurde für einen Monat krankgeschrieben. Kapitän Brockhoff kam an Bord und fuhr bis zu Carstens Genesung als Steuermann. Anschließend kam Carsten zurück, danach ging Kapitän Harms in den Urlaub und Kapitän Brockhoff fuhr als Kapitän. Unsere Reise ging weiter.

Bei gutem Wetter passierten wir den Kielkanal, die Unterelbe und die Nordsee. Bald darauf erreichten wir Rotterdam und machten an der Parkkade fest zum Einklarieren. Hier erlebten wir eine Überraschung: Unser Agent kam in Begleitung eines Polizisten an Bord. Der hatte eine Suchmeldung von der schwedischen Interpol dabei. Gesucht wurde eine Trompete, die vermutlich von deutschen Seeleuten nach einem Konzert in einer Bar in Lulea gestohlen wurde. Es handelte sich um eine kostbare Trompete, die der Musiker gerne zurückhaben wollte. Zeugen hatten ausgesagt, dass Deutsche zuletzt die Bar verlassen hatten. Es waren zu der Zeit zwei deutsche Schiffe im Hafen, die *Mosel* und ein deutscher Bulkcarrier aus Emden. Auf einem der beiden Schiffe musste also der Dieb sein. Der Musiker bat den Dieb, ihm doch bitte seine Trompete zurückzugeben, er würde auch keine Anzeige erstatten, versprach er. Ich wollte Carsten nicht verraten und sagte kein Wort. In Düsseldorf würde er sowieso an Bord kommen, um einen

Teil seiner Klamotten abzuholen, dann sollte er sich selber stellen und die Trompete zurückgeben. Die ganze Reise versuchte Kapitän Harms uns auszuhorchen, doch nur ich wusste etwas, mich hatte er jedoch nicht in Verdacht, sondern den Horst. Als wir dann in Düsseldorf festmachten, kam Carsten mit seinem Gipsarm an Bord. Kapitän Harms erzählte ihm von der gestohlenen Trompete. Carsten sagte jedoch kein Wort. Ich nahm ihn beiseite und sagte ihm, er solle die Trompete zurückgeben. Er wollte jedoch nichts davon wissen. Daraufhin sagte ich zu ihm: »Wenn du die Trompete nicht zurückgibst, sage ich dem Kapitän Bescheid.« Er wurde wütend, wollte handgreiflich werden, aber mit seinem Arm in Gips hatte er keine Chance gegen mich. Als er sich endlich als Täter outete, wollte er mir noch die Schuld geben. Er sagte, er wäre total betrunken gewesen, aber ich hätte ihn daran hindern sollen, denn ich wäre nüchtern gewesen. Ich antwortete aber sofort, dass ich auch total betrunken war.

Als Carsten die Trompete wieder zurückgeschickt hatte, hat sich der Musiker in einem Brief noch bei ihm bedankt. Harms schüttelte nur den Kopf und sagte seinen Spruch: »Stürmann, Sie sind der letzte Mensch!« Der antwortete nur mit »Joo, dat wet ik«.

Nachdem wir in Düsseldorf gelöscht hatten, verholten wir nach Duisburg, um Stahl für Kolding in Dänemark zu laden. Nachdem wir beladen waren, steuerte ich unter Aufsicht von Kapitän Harms das Schiff wieder zu Tal. Wir hatten während unserer gemeinsamen Wache viel Zeit, um miteinander zu reden. Er kannte jetzt auch meine Geschichte.

»Du hast sieben Jahre Fahrtzeit in der Binnenschifffahrt, mit 23 Jahren könntest du das Rheinpatent machen, ist dir das bewusst, Junge?«, fragte er mich. »Zur See fahren kannst du danach immer noch«, meinte er.

Darüber habe ich dann auch gründlich nachgedacht, er hatte Recht und so beschloss ich, mein Berufsleben neu zu planen. Erst wollte ich zurück in die Rheinschifffahrt, um das Rheinpatent zu erwerben, danach auf die Seemannsschule in Lübeck-Travemünde, um den Matrosenbrief zu erlangen, und anschließend ein Jahr als Matrose auf »Großer Fahrt« zur See fahren. Dann hätte ich genug Urlaub und Geld, um ein Semester die Seefahrtschule zu besuchen, dachte ich. Nach erfolgreicher Prüfung hätte ich das Patent A2, nautischer Offizier in der Kleinen Fahrt. Dann würde man mir nach einer erfolgreichen Fahrtzeit von 12 Monaten als nautischer Offizier das Patent A3, Kapitän in der Kleinen Fahrt, aushändigen. Ich hätte daraufhin die Möglichkeit, als Schiffsführer auf einem Binnenschiff, als Lotse für Seeschiffe auf dem Rhein oder als Kapitän auf See zu fahren. Das war mein Plan. Da ich aber jetzt an Bord der *Mosel* war, wollte ich erst mal sechs Monate Fahrtzeit als Leichtmatrose in der Seefahrt aufbauen.

Hermann und ich planten gemeinsam, im Dezember – noch vor Weihnachten – auszusteigen. Er wollte die Seemannsschule in Travemünde besuchen, um den Matrosenbrief zu machen. – Der Matrosenbrief war wichtig, denn ohne wurde man an keiner Seefahrtschule zugelassen. – Auch Hermann wollte später noch die Seefahrtschule besuchen, um ein nautisches Patent zu erwerben. Da ich noch keine 23 Jahre alt war, würde man mich zur Rheinpatentprüfung noch nicht zulassen. Also wollte ich erst noch mal in die Rheinschifffahrt zurück, um Geld zu verdienen, praktische Erfahrungen zu sammeln und mich auf die Patentprüfung vorzubereiten.

Als Leichtmatrose auf der *Mosel* verdiente ich nur wenig Geld, aber ich hatte ein Ziel. Wir schipperten mal wieder über die Nordsee nach Dänemark. Das Wetter war nicht so gut, aber zum Glück wurde ich nicht mehr so schlimm seekrank. Auslaufend Kieler Förde, begegneten wir dem Segelschulschiff der Bundesmarine, der »Gorch Fock«. Kapitän Brockhoff rief uns zu: »Klar beim Flaggendippen!« Hermann lief schnell zu unserer Deutschlandflagge und zog sie ganz runter. Auf der »Gorch Fock« stand ein Matrose in Uniform bereit, holte die Flagge runter und anschließend zog er sie wieder in Top. Daraufhin zog Hermann unsere Flagge ebenfalls wieder in Top. Eine schöne Geste aus alter Zeit. Das hat Tradition, Handelsschiff grüßt Kriegsschiff.

Unsere Reise nach Dänemark ging weiter. Trotz der Mängel an Bord habe ich viel gelernt auf der *Mosel*. Wir drei Leichtmatrosen waren sehr verschieden, doch wir ergänzten uns und waren deshalb ein unschlagbares Team. Auch wenn wir gemeinsam an Land gingen, hatten wir immer eine schöne Zeit. Nur über unseren Küchenjungen, den langen Dieter, ärgerten wir uns manchmal. Ich kebbelte mich und boxte aus Spaß öfter gerne mal mit ihm. Einmal jedoch schlug er mir ganz unerwartet mit der Faust voll ins Gesicht. Ich blutete stark aus der Nase. Als ich mich von der Überraschung erholt hatte, stürzte ich mich wütend auf ihn. Der wehrte sich mit seinen langen Armen. Dann endlich bekam ich ihn zu fassen und wir stürzten beide zu Boden. Ich war wütend und blutete, konnte aber nicht viel gegen ihn ausrichten. Auf einmal bekam ich die Schüppe aus dem Kohlenkasten zu fassen. Damit schlug ich ihm auf seine langen Arme. Das zeigte Wirkung. Er sprang auf und rannte davon, ich hinterher. Schnell machte er das Schott auf und rannte an Deck, mit mir an den Fersen, einmal um die Luke und achtern wieder rein. Dann schloss er sich ein. Ich stand vor der Tür und rief: »Mach die Tür auf, sonst tret ich sie ein!« Hinter der Tür hörte man ihn jammern: »Entschuldige, Jürgen, ich will das auch nicht wieder tun, nie und nie mehr!«

Ich entspannte mich, wischte mir das Blut vom Gesicht und musste grinsen. Kapitän Brockhoff kam runter und sagte: »Was ist hier los, ihr Asiaten?!« (Das mit den Asiaten sagte er immer, denn er war lange Zeit in der Asienfahrt.) Er hatte nämlich gesehen, wie ich den Langen über Deck gejagt hatte. Ich erzählte, was passiert ist. Horst und Hermann konnten das bestätigen, sie meinten, es wär gut, dass er mal was draufgekriegt hat.

Ein andermal hatte er Hermann provoziert, der rannte darauf die Treppe runter, der Lange hatte nur seine Arme, an deren Ende sich die zwei geballten Fäuste befanden, ausgestreckt, und Hermann lief genau in seine Faust. Er hatte ihn danach verprügelt, doch Hermann hatte ein gewaltiges blaues Auge, was ihn mächtig ärgerte. Als Brockhoff dann auch noch fragte, wo er sich denn das Veilchen eingefangen hätte und Hermann antworten musste, er habe sich im Maschinenraum gestoßen, kochte er innerlich vor Wut. Dieter war jetzt sehr vorsichtig, denn Hermann konnte keinen Spaß mehr vertragen.

Ein andermal befanden wir uns auf einer Ballastreise von Dänemark nach Hamburg-Harburg. Wir gingen in Rendsburg an der Bunkerstation längsseitig zum Bunkern (Tanken). Bei der Gelegenheit wurden auch Proviant und Trinkwasser übernommen. Beim Anlegen versuchte Tankwart Fiedje uns mal wieder zu ärgern, indem er frotzelte: »Na, ihr Nordrheinwandalen, macht ihr mal wieder Norddeutschland unsicher?« Horst antwortete dann immer: »Halt bloß den Mund, du Heringskopf!«

Als wir achtern mit Bunkern und Trinkwasserübernahme fertig waren, wurde auch im Vorschiff Trinkwasser übernommen. Ich sollte den Vorgang beaufsichtigen. Ich steckte den Schlauch in den Stutzen, dessen Rohr zum Tank führte, und rief zum Fiedje: »Wasser marsch!« Der drehte das Ventil auf und das Wasser wurde in den Tank gepumpt. Jetzt dauerte es eine Weile, bis der Tank voll war. Ich ging zu den anderen auf die Bunkerstation, und wir klönten eine Zeitlang mit Fiedje. Wenn der Tank voll ist, so dachte ich, wird das Wasser über das Entlüftungsrohr überlaufen. Ich wusste aber nicht, dass sich das Entlüftungsrohr in unserer kleinen Toilette befand, deren Tür man nur nach innen öffnen konnte. Als ich an Bord kam, sah ich, wie ein eleganter Wasserstrahl – wie ein Springbrunnen – aus dem Schlüsselloch sprudelte. Bevor ich das Wasser abstellen ließ, rief ich die Jungs: »Kommt mal schnell an Bord, ihr glaubt nicht, was passiert ist!« Als sie an Bord waren, haben wir erst mal ausgiebig gelacht. Jetzt erst wurde das Wasser abgestellt. Nach dem Bunkern ging unsere Reise durch den Kielkanal und über die Elbe nach Hamburg-Harburg wieder weiter. Als wir in Harburg festmachten, war es schon später Nachmittag, laden sollten wir erst am nächsten Tag …

In Hamburg auf der Reeperbahn

… also machten wir uns fertig für den Landgang – unser Ziel war die Reeperbahn. Für mich war's der erste Besuch auf der Reeperbahn. Bei unserer kleinen Leichtmatrosenheuer litten wir alle an chronischem Geldmangel. Brockhoff meinte: »Mit der kleinen Kohle könnt ihr besser an Bord bleiben.« Hermann und ich bekamen einen Minivorschuss, Horst jedoch war schon weit über das Limit, er bekam nichts und musste an Bord bleiben. Also fuhren Hermann und ich erst mit dem Zug und dann mit der U-Bahn nach St. Pauli zur Reeperbahn. Dort spazierten wir an der Davidwache vorbei und hinauf zur großen Freiheit. Wir kehrten ein in einer Stripteasebar. Dort tranken wir ein Bier und schauten uns mit Interesse die Girls an, die alle Hüllen fallen ließen. Schon hatten wir zwei Damen am Tisch, die uns mit ihren weiblichen Reizen betören wollten. Als wir sie endlich davon überzeugt hatten, dass wir kein Geld hatten, zogen sie beleidigt ab. Wir bezahlten und zogen weiter.

Jetzt schlenderten wir durch die Herbertstraße, wo alle Arten von Frauen im Schaufenster saßen. Sie winkten uns eifrig zu und versprachen guten und trotzdem billigen Sex. Zwei kamen zu uns und wurden aufdringlich. Als wir ihnen endlich klargemacht hatten, dass wir kein Geld hatten, meinte die eine: »Nur zum Glotzen braucht ihr nicht herkommen, verpisst euch!«

Bald darauf kehrten wir im *Zillertal* ein. Hier spielte eine Band Blasmusik. Die Stimmung war toll und das Bier billig. Wer der Band eine Runde Bier ausgab, durfte den Taktstock schwingen. Eine Gruppe japanischer Seeleute saßen ganz in der Nähe, sie dirigierten ununterbrochen und hatten viel Spaß dabei. In der damaligen Zeit hatten die

Seeschiffe noch lange Liegezeiten und so waren auch viele Seeleute auf der Reeperbahn. Wir verließen das *Zillertal* und landeten in der *Haifischbar*. Hier gab es noch Seemannsromantik, denn die meisten Gäste waren Seeleute aus der christlichen Seefahrt. Die unvergessenen Lieder von Hans Albers und Marlene Dietrich wurden gesungen. Hermann fühlte sich wie zu Hause, denn wir machten Bekanntschaft mit Matrosen aus der Großen Fahrt der Reederei Hapag, bei der Hermann als »Moses« und als Jungmann gefahren war.

Es war schon nach Mitternacht, wir wollten gerade gehen, da stimmte der Mann mit dem Schifferklavier das Lied an, das Hans Albers so oft gesungen hat, und alle sangen und schunkelten mit: »Auf der Reeperbahn nachts um halb eins, ob du ,n Mädel hast oder hast keins, amüsierst du dich, denn das findet sich, auf der Reeperbahn nachts um halb eins … Komm doch süße Kleine, sei die meine, sag nicht nein, sollst bis morgen früh um neune meine süße kleine Braut sein …« usw.

Nachdem wir kräftig mitgesungen hatten, verließen wir die *Haifischbar* und wechselten über zum *Star-Club,* einem heißen Beat- und Rockschuppen. Den Eintritt und zweimal Bier konnten wir uns gerade noch leisten. Eine Liveband spielte und wurde alle vier Stunden abgelöst. Der Sahl dröhnte von der lauten Beat- oder Rockmusik. Das Publikum tanzte bis zur Ekstase. Hermann und ich mittendrin. Dann war kurze Pause. Die erschöpften und verschwitzten Musiker traten ab. Eine neue Band erschien. Die noch unbekannten *Beatles* aus Liverpool traten auf. Hier im *Star-Club* in Hamburg wurden sie entdeckt und starteten ihre Karriere. Auf einmal ein Tumult: Eine der heißen Hamburger Deerns konnte sich zwischen zwei Jungs nicht entscheiden und schon flogen die Fäuste. Doch die vier Rausschmeißer hatten die beiden gleich am Wickel und setzten sie vor die Tür. Wir rockten noch eine Zeitlang mit, bis wir so gegen 4 Uhr den Heimweg antraten.

Der Nebel und die Herbststürme machten uns zu schaffen, denn es wurde langsam Winter. Am schlimmsten war der Nebel. Da wir kein

Radar besaßen, hatten wir keinerlei Orientierung im Nebel. Schnell mussten wir dann vor Anker gehen und im Abstand von zwei Minuten die Schiffsglocke läuten. Schlimm war es, wenn wir in der dichtbefahrenen Elbmündung ankern mussten. Man hörte die Typhone der großen Dampfer, die irgendwo an uns vorbeirauschten. Wir waren jedoch eine gute Besatzung und überstanden mit viel Aufwand und Stress alle Gefahren.

Steuermann Carstens Arm war geheilt. Er kam wieder an Bord, während Kapitän Harms in Urlaub ging. Neuer Kapitän auf der *Mosel* wurde Kapitän Brockhoff. Hermann und ich gingen wieder Wache mit Steuermann Carsten.

Eines Tages wurde unser Kochsjunge Dieter krank und fuhr nach Hause. Es wurde kein Ersatz geschickt. Einer von uns musste jetzt kochen, aber keiner konnte und wollte kochen. Das Los entschied, dass ich kochen musste. Ich protestierte und berief mich auf meine Seekrankheit. »Wenn ich seekrank bin, dann kotze ich euch bestimmt in die Suppe«, sagte ich. Aber Brockhoff meinte darauf nur: »Wenn du danach gut umrührst, dann merkt keiner was.« Jetzt musste ich lernen, das Essen pünktlich bei der Wachablösung fertig zu haben. Das war gar nicht so einfach. Einmal wollte ich Erbsensuppe machen. Am Abend schüttete ich die Erbsen in einem Topf mit Wasser, so dass sie über Nacht einweichen konnten. Am anderen Morgen schaute ich in den Topf, es waren zu wenig Erbsen, fand ich. Daraufhin schüttete ich noch einen ganzen Schub Erbsen nach. Die Suppe wurde jetzt mit Kartoffeln, Suppengrün und Eisbein angereichert. Dann stellte ich den Suppentopf zum Kochen auf den Ofen. Um 11:30 Uhr kam die Nachmittagswache zum Essen. Die Erbsen, die ich dazugegeben hatte, waren nicht gar. Meine Kollegen fingen an zu meckern. Dann aber hatten sie Spaß und fingen an, mit den Erbsen zu knickern, oder kickten mit den Erbsen wie mit Gummibällen auf der Erde herum. Ich rief den Kapitän und erklärte ihm: »Sie sehen ja, ich bin als Koch total ungeeignet. Die Spaßvögel bekamen jetzt Angst, dass Brockhoff einen von ihnen zum Küchendienst bestimmen würde. Schnell räumten sie die Sauerei, die sie gemacht hatten, auf und sagten mir jede Unterstützung zu. Ich hatte es schwer genug. Bei schlechtem Wetter musste ich während des Kochens öfter an Deck, um mich zu übergeben. Manchmal kam Brockhoff in die Küche geschlichen und kontrollierte, ob nicht doch etwas Erbrochenes in der Suppe schwamm. Ich beruhigte ihn dann immer, indem ich sagte: »Ich habe alles gut umgerührt, man schmeckt wirklich nichts.« Er schaute mich dann immer mit einem süß-säuerlichen Lächeln an. Er erzählte auch immer gerne die Geschichte von den zwei Schiffsjungen, die dem Kapitän bei schlechtem Wetter Kaffee auf die Brücke bringen mussten: Der eine brachte immer eine vom Schaukeln halbleer geschlabberte Tasse Kaffee auf die Brücke, während der andere eine volle Tasse brachte. Wie kann das bloß, grübelte der Kapitän. Eines Tages wollte er der Sache auf den Grund gehen. Er versteckte sich. Fröhlich kam der erste Moses (Schiffsjunge) mit einer halbvollen Tasse und einer dicken Backe die Treppe zur Brücke hoch. Kurz vor dem Eingang zur Brücke blieb er stehen und entleerte seinen Mund, der voll mit Kaffee war, in die Tasse, so dass die Tasse jetzt tatsächlich voll war. So hat der Kapitän das Geheimnis mit der vollen Tasse entlarvt.

Unsere *Mosel* war kein modernes Schiff und mit vielen Unzulänglichkeiten behaftet, die uns das Leben schwer machten, und doch waren wir ein lustiges Völkchen an Bord. Wir hatten viel Spaß miteinander. Es wurde Dezember, Kapitän Brockhoff ging auf ein anderes Schiff und Kapitän Harms kam wieder an Bord. Es waren noch zehn Tage bis Weihnachten. Hermann und ich kündigten vorschriftsmäßig 48 Stunden vor Ankunft in einem deutschen Hafen. Am 16. Dezember 1963 musterten wir an der Schleuse Kiel-Holtenau ab. Wir fuhren noch mit dem letzten Zug nach Hamburg. Dort verbrachten wir die Nacht auf der Reeperbahn und fuhren am nächsten Morgen mit dem ersten Zug Richtung Ruhrgebiet nach Hause.

Weihnachten 1963 bei meiner Oma

Weihnachten und Neujahr feierte ich diesmal bei meiner Oma und der Familie Frings. Am zweiten Weihnachtstag, Omas Geburtstag, war die ganze Familie, bis auf meine Mutter, anwesend. Mutter konnte nicht kommen, sie war irgendwo mit dem Schiff unterwegs. Ich hatte auch wohl etwas Heimweh. Ich schickte ihr und meinen Geschwister eine Weihnachtskarte. Das war alles, was ich tun konnte, denn keiner hatte ein Telefon.

Berufsplanung

Erst nochmal auf den Rhein

Bewerbung bei Rhenus in Ruhrort

Nach Neujahr fuhr ich nochmal nach Ruhrort zum Reedereibüro von Schepers-Rhein-See-Linie, um mir meine Restheuer und das Urlaubsgeld auszahlen zu lassen. Außerdem wurde mir ein gutes Zeugnis für meine Dienstzeit auf der *Mosel* ausgestellt.

Am selben Tag noch hatte ich ein Bewerbungsgespräch im Büro der Reederei Rhenus in Ruhrort. Als der Personalchef, Herr Hemberger, hörte, dass ich ein ehemaliger Matrose von der *Gaia* war, wollte er mich sofort einstellen. Die *Gaia* fuhr schon über sieben Jahre in Charter für Rhenus Mannheim. Pa Kreuze, mein Stiefvater, war als guter Schiffer bei Rhenus bekannt. Es war gerade eine Stelle als Rudergänger auf dem »MS Rhenus 142« frei. Der Schiffsführer Paul Siebert kannte mich noch von der Zeit, als ich Matrose auf der *Gaia* war. Auf seinen ausdrücklichen Wunsch hin wurde ich von der Reederei als Rudergänger (Steuermann) auf »MS Rhenus 142« eingestellt.

Erst mal besorgte Herr Hemberger mir ein Schifferdienstbuch beim Wasser- und Schifffahrtsamt in Ruhrort. Auf der *Gaia* hatte ich keins gebraucht, denn das war in Holland nicht vorgeschrieben. Zur Anerkennung meiner Fahrtzeit auf der *Gaia* hatte Pa Kreuze die gesamten sieben Jahre auf eine Doppelseite im Schifferdienstbuch eingetragen. Das war so in Deutschland nicht üblich. Die Reisen mussten alle einzeln aufgeführt werden. Herr Hemberger erwirkte jedoch eine Ausnahmegenehmigung und so wurde die Fahrtzeit auf der *Gaia* vom WSA anerkannt und abgestempelt. Das kostete mich zwei Kisten Bier, die ich gerne an Herrn Hemberger ausgab. Die vom WSA anerkannten sieben Jahre auf der *Gaia* waren sehr wichtig für mich, um später zur Rheinschifferpatentprüfung zugelassen zu werden.

Rudergänger auf »Rhenus 142«

»Gute Fahrt, in Gottes Namen!«

Am 25. Januar 1964 ging ich in St. Goar an Bord des »MS Rhenus 142«. Das Schiff war ein Güterschleppmotorschiff, konnte 1.127 t laden, hatte 1.100 PS und zwei Propeller. Die Brücke befand sich mittschiffs. Außerdem war das Schiff ausgerüstet zum Schleppen von vier Schleppschiffen. Unsere Besatzung bestand aus Schiffsführer, Rudergänger, Matrose und Maschinist. Vor Reisebeginn ging unser Schiffsführer aufs Büro, um den Schleppschein zu holen, auf dem die Schiffe aufgelistet waren, die wir zu schleppen hatten.

Die Zusammensetzung von vier Schiffen zu einem Schleppzug erforderte höchste Konzentration und Können. Wenn wir z. B. am Schleppschiffliegeplatz in Rotterdam-Ijelmonde unsere Schleppschiffe zusammenstellten, so geschah das folgendermaßen: Das Schiff für Duisburg bekam den längsten Schleppstrang von der Winde Nr. 4. Es war das erste Schiff, das uns verlassen würde. Es wurde das letzte Schiff im Schleppzug und befand sich mehrere hundert Meter hinter uns. Das nächste Schiff musste nach Köln und bekam den Schleppstrang von der Winde Nr. 3. Die andern beiden Schiffe sollten nach Mannheim, sie bekamen die Schleppstränge von den Winden Nr. 2 und Nr. 1.

Sobald alle Schiffe ihren Schleppstrang von uns übernommen hatten, fuhren wir langsame Fahrt voraus. Wir fierten mit unseren Winden langsam die an unseren Strängen hängenden Schiffe auf die nötige Länge. Die Matrosen auf den Schleppschiffen holten – auf Anweisung ihrer Schiffsführer – so lange die Flagge im Vormast auf und nieder, bis die Schiffe auf der richtigen Länge hinter uns hingen. Als alle Flaggen in Top waren, gingen wir von langsamer auf volle Fahrt voraus. Die Stränge der Schiffe hingen bei der Länge weit durch und schleiften z. T. über den Boden des Flussbettes. Die Matrosen bemühten sich jetzt, mit einem Drecht, einem Gerät mit mehreren Haken, das an einem dünnen Drahtseil hing, die Stränge aufzufischen. Als das endlich geglückt war, wurden die Stränge in eine Brittel gelegt, einen großen breiten Haken, der seitlich am Schiff angebracht war. Jetzt konnten die Schleppstränge nicht mehr über das Flussbett schleifen. Nachdem alles in Ordnung war, ging unser Schiffsführer in die Nock, nahm seine Mütze ab und betätigte dreimal die Schiffsglocke, das hieß: »Gute Fahrt, in Gottes Namen«.

Wir waren jetzt Schleppzugführer und unser Schiffsführer war für den Schleppzug verantwortlich. Das Schiff Nr. 4 blieb in Duisburg und das mit der Nr. 3 in Köln. Mit den anderen beiden Schiffen fuhren wir weiter zu Berg bis nach Bad Salzig. Hier ging das Schiff Nr. 2 vor Anker, denn es war nicht möglich, die gefährliche Gebirgsstrecke mit zwei Schiffen im Anhang zu durchfahren. In Bingen ging das Schiff Nr. 1 vor Anker. Schnell drehten wir wieder zu Tal und holten das andere Schiff, das in Bad Salzig auf uns wartete. Als wir dann mit dem Schiff Nr. 2 wieder in Bingen waren, nahmen wir das Schiff mit der Nr. 1 wieder auf und schleppten beide Schiffe nach Mannheim, wo sie an der Neckarspitze vor Anker gingen. Danach übernachteten wir in Mannheim am Rheinkai. Da wir damals noch kein Radar hatten, wurde nachts nicht gefahren. Am nächsten Morgen ging der Schiffsführer bei Rhenus aufs Büro, das ganz in der Nähe war, und holte Post und neue Order.

Der Oberrheinlotse kam an Bord und die Reise gegen die jetzt starke Strömung ging weiter. In Neuburgweier passierten wir die Grenze nach Frankreich. Später fuhren wir an Straßburg vorbei und dann im Elsasskanal bis nach Basel in der Schweiz. Dann gings gegen die starke Strömung durch die Stadt Basel weiter zu Berg. Wir passierten die Schleusen Birsfelden und Augst und erreichten unseren Löschhafen im badischen Rheinfelden, wo Rhenus eine Verladestelle hatte. Hier, bei Rheinkilometer 150, endet der schiffbare Rhein. Der Rhein-km 0 steht in Konstanz am Bodensee und der Rhein-km 1.000 in Rotterdam.

Paul Siebert, unser Schiffsführer, war ein guter und erfahrener Schiffer. Er stammte aus einer alten, traditionsreichen Schifferfamilie in Kaub. Sein Vater war schon Kapitän auf den schweren Raddampfern von Rhenus. Sohn Paul hatte bei seinem Vater das Schleppen von Schleppschiffen gelernt. Er kannte praktisch jeden Strauch und Felsen im Gebirge mit Namen. Ich habe viel bei ihm gelernt. Er wohnte irgendwo im Hessischen, ich habe die Stadt vergessen. Manchmal besuchten uns seine Frau und sein sechsjähriger Sohn. Das war ein aufgewecktes Kerlchen. Sein Vater nannte ihn, wenn er über ihn sprach, immer »Knäckes«.

Unser Maschinist stammte aus Niederschlesien. Er war verheiratet mit einer Frau aus St. Goarshausen, mit der er eine Tochter hatte.

Seinen Namen habe ich leider vergessen. Wir hatten während meiner Zeit an Bord mehrere Matrosen, die meistens nicht lange blieben. Manchmal, wenn die Reederei keinen Matrosen bekommen konnte, musste ich alleine klarkommen. Beim Zusammenstellen des Schleppzugs und beim Festmachen half mir der Maschinist. Der konnte auch nur immer für einen Moment an Deck, denn wir hatten noch einen Maschinentelegrafen. Die Kommandos wurden von der Brücke angezeigt, doch mussten die Maschinen im Maschinenraum vom Maschinisten umgesteuert werden. Das war manchmal nicht so einfach.

Einmal bewarben sich drei spanische Matrosen aus der Fischerei aus dem nordspanischen Vigo, die sprachen nur Spanisch. Siebert erzählte gleich auf dem Büro in Mannheim, dass ich Spanisch könnte, da ich dort mal in Urlaub war. Ich konnte allerdings nur ein paar Worte. Unser neuer Matrose hieß Emilio, er hatte eine Frau und drei Kinder. Für einen Spanier war er ziemlich groß, war aber sehr freundlich und fleißig. Nur war es immer schwierig, ihm etwas zu erklären, aber mit Unterstützung von unserem Maschinisten, schaffte ich es immer wieder. Ich kaufte mir extra ein spanisches Wörterbuch, und so lernte ich etwas Spanisch. Emilio allerdings hatte große Mühe, Deutsch zu lernen. Nachdem er einige Monate an Bord war, hatten wir uns angefreundet. Eines Tages wollte er an Land zur »Casa de Puta«. Ich wusste nicht was er meinte. Mit unserem Maschinisten schauten wir gemeinsam im Wörterbuch nach. »Casa« hieß Haus und »Puta« waren leichte Mädchen. Jetzt war uns klar, was er wollte: Er wollte ins Bordell, um seine fleischliche Lust zu befriedigen. Als Seemann fand er das ganz normal. Als wir mal mit dem Schiff in Düsseldorf lagen, begleitete ich ihn ins Freudenhaus. Er verhandelte eine Zeitlang mit den Damen. Als er jedoch die Preise erfuhr, hatte er keine Lust mehr, und wir gingen zurück an Bord.

Mein Tagesablauf an Bord

Um 5:30 Uhr stand ich auf und ging sofort nach achtern, um die Schiffsglocke zu läuten: einmal lang und einmal kurz. Das war das Zeichen für unsere Schleppschiffe: aufstehen und alles klar machen zum Ankerhieven. Um 5:45 Uhr läutete ich zum zweiten Mal, einmal lang und zweimal kurz. Inzwischen kam unser Schiffsführer auf die Brücke und der Maschinist startete die Maschine. Auf den Schleppschiffen wurden inzwischen die Ankermotoren gestartet. Ich war jetzt wieder auf dem Vorschiff und startete ebenfalls den Ankermotor. Paul Siebert, unser Schiffer, ging jetzt in die Nock und läutete die Schiffsglocke, einmal lang und dreimal kurz. Daraufhin wurden auf allen Schiffen die Anker gehievt. Als alle Anker oben waren, gingen die Flaggen auf den Schleppschiffen in Top, unsere Maschine ging auf volle Fahrt, Paul Siebert erschien in der Nock, nahm seine Mütze ab und läutete dreimal »In Gottes Namen«. Schnell trank ich noch eine Tasse Tee, schloss den Schlauch an und begann mit meinem Matrosen, den Tau von der Nacht, der auf dem ganzen Schiff lag, abzuspülen und das Deck zu schrubben. Um 7:30 Uhr wurde gefrühstückt. Danach ging ich auf die Brücke und löste Paul Siebert ab, der ebenfalls in seine Wohnung frühstücken ging. In der Binnenschifffahrt gab es keinen Koch, jeder musste selber einkaufen und für sich kochen. Wenn sich die Besatzung einig war, dann hatte sie eine Gemeinschaftsküche. Auf vielen Schiffen waren jedoch die Frau des Schiffsführers und die des Matrosen an Bord. Die kochten dann für ihre Männer. Ich musste jedoch selber kochen, denn ich hatte ja noch keine Frau. Paul Sieberts Frau war nur selten an Bord. Sie blieb zu Hause und hütete Haus und Kinder. Nach dem Frühstück wurde an Deck gearbeitet. Um 11Uhr etwa ging ich schon wieder in meine Kajüte, um das Mittagessen vorzubereiten. Es gab »Blinden Fisch«. Der geht so: In einer großen Pfanne wird etwas Schinkenspeck angebraten. Darin legte ich in Streifen geschnittene rohe Kartoffeln, die mit Pfeffer, Salz und Paprika angewürzt wurden. Auf dem Ofen wurden sie dann knusprig angebraten. Zum Schluss tat ich einen Deckel über die Pfanne und ließ die Kartoffeln bei kleiner Flamme garen. In einer zweiten Pfanne legte ich ein angewürztes, mit Senf bestrichenes Kotelett. Nachdem das Kottelet von beiden Seiten angebraten war, schüttete ich eine kleine Dose Champignons in die Pfanne. Danach kam noch ein Spiegelei dazu. Zum Nachtisch gab's Apfelmus oder Williams Birne. Viele solcher einfachen, schmackhaften Gerichte konnte ich zubereiten. Nachdem ich gegessen hatte, ging ich schnell nach achtern, um meinen hungrigen Schiffer abzulösen.

So fuhren wir viele Male den Rhein zu Berg und zu Tal, während die Zeit verging. Ich bereitete mich jetzt auch intensiv auf meine Rheinschifferpatentprüfung vor. Die Prüfung bestand aus drei Teilen: Polizeiverordnung, Maschinenkunde und Streckenkunde auf dem Rhein. Das Rheinpatent ist kein reines nautisches Patent wie auf See, sondern auch ein Maschinenpatent. Ich kaufte mir den damals ersten Rheinatlas »Der Rhein. Leitfaden für die Schifffahrt«, beschriftet in den drei Sprachen der Rheinuferstaaten: Französisch, Deutsch und Holländisch. Herausgegeben wurde der Atlas 1963 von der Ecole de Pilotage du Rhin de la Marine Francaise in Straßburg. Das französische Marineschulschiff auf dem Rhein war die »Amiral Exelmans«.

Auch auf der *Gaia* ging das Leben weiter

Die Kreuzes mieteten sich, durch die Vermittlung der Familie des Lotsen Emil Balzer, ein kleines Fachwerkhaus in Neuburg nahe der französischen Grenze. Sie waren mit den Familien der Lotsen Balzer und Nevil befreundet und wurden auch im Dorf gut aufgenommen. Als Gerhard und ein Jahr später Jennes ins schulpflichtige Alter kamen, besuchten sie die Dorfschule in Neuburg. Ma und die beiden Jungs wohnten jetzt in Neuburg, während Pa Kreuze und Pitt weiter auf der *Gaia* fuhren. Ich hatte ja immer noch Hausverbot, doch manchmal wenn Kreuze nicht zu Hause war, besuchte ich heimlich meine Mutter. Einmal kam überraschend Pa nach Hause. Daraufhin musste ich zum großen Bedauern von Ma sofort das Haus verlassen. Bei späteren Besuchen habe ich dann meistens die Jungs gefragt, die auf der Straße spielten, ob der Papa zu Hause war. Erst wenn sie mit Nein antworteten, bin ich ins Haus gegangen.

Die Kreuzes kaufen ein Schiff

Nach einiger Zeit verließ Pa Kreuze die *Gaia* und kaufte ein Schiff, die *Fiat Voluntas*. Das war ein französisches Kanalschiff, eine »Péniche«, in Holland wurde der Schiffstyp »Spitz« genannt. Das Schiff hatte eine Länge von 39 m und passte somit in alle Fluss- und Kanalschleusen innerhalb Frankreichs. Das Haus in Neuburg wurde aufgegeben. Gerhard und Jennes kamen in Rotterdam aufs Internat und besuchten die Schipperschool. Das war für die Jungs auch nicht immer so einfach, aber zu zweit schafften sie es. Pa, Ma und Peter fuhren nun gemeinsam auf der *Fiat Voluntas*. Die französische Sprache jedoch bereitete ihnen am Anfang einige Schwierigkeiten, doch irgendwie kamen sie klar. Dafür hatten sie jetzt ein neues interessantes Fahrtgebiet: Frankreich.

Peter steuert die »Fiat Voluntas« von Linz nach Holland

Es gab jedoch immer mal wieder Krach zwischen den Alten. Peter erzählte, dass Kreuze Ma mal wieder schlagen wollte und sie ihn daraufhin mit einem Kessel heißen Wasser verbrüht hatte.

Kreuze musste daraufhin im Krankenhaus behandelt werden. Sie lagen mit dem Schiff in Linz am Rhein und hatten eine Ladung Basaltsteine für Holland geladen. Die Ladung war für den holländischen

Deichbau bestimmt und sollte so schnell wie möglich nach Holland verschifft werden. Pa musste noch einige Zeit im Krankenhaus bleiben und so sollte Peter das Schiff mit der eiligen Ladung Steine nach Holland bringen. Peter war erst 20 Jahre alt, er durfte das eigentlich nicht, denn er hatte ja auch noch kein Patent. Bei einer Kontrolle durch die Wasserschutzpolizei hätte man das Schiff sofort stillgelegt und sie hätten eine hohe Geldstrafe bezahlen müssen. Doch sie hatten Glück, Peter brachte das Schiff wohlbehalten zum Löschhafen in Holland. Ma, Gerhard und Jennes waren auch an Bord und unterstützten ihn auf seiner Reise. Nach einer Woche wurde Pa aus dem Krankenhaus entlassen und kam in Holland wieder an Bord.

Der neue Bordhund Panda

Auf der *Fiat Voluntas* hatten sie jetzt einen neuen Bordhund, einen ganz jungen Foxterrier, den sie »Panda« nannten. Alle hatten viel Spaß mit dem Hund, doch Ma und Panda mochten sich nicht. Einmal, erzählte Ma, befand sich die *Fiat Voluntas* in einer Schleuse in Frankreich. Der Hund sprang vom Schiff an Land zum Gassigehen. Dort traf er auf die Hündin des Schleusenwärters. Die Hunde mochten sich und tollten auf dem Gebiet der Schleuse umher. Das Schleusentor war inzwischen auf und die *Fiat* war klar zum Verlassen der Schleuse. Panda jedoch war nirgends zu sehen. Zur nächsten Schleuse war es nicht weit und so musste Ma mit einem Fahrrad und einer großen Tasche auf der Schleuse zurückbleiben, um den Hund einzufangen. Ma gefiel das gar nicht. Sie erzählte verärgert: »Als ich den Köter endlich gefangen hatte, hat er mich auch noch gebissen, der Sauhund. Das nächste Mal mache ich das nicht mehr!«, meinte sie dann.

In ihrem neuen Fahrtgebiet lernten die Kreuzes neue Freunde kennen. Mit der Familie Dubbelman aus Laage Zwaluwe, die auch einen »Spitz« hatten, haben sie sich richtig angefreundet.

Reedereiwechsel von Rhenus zur Köln-Düsseldorfer

Ich fuhr unterdessen weiter auf dem Rhein und bereitete mich in Praxis und Theorie auf die Rheinschifferpatentprüfung vor.

Ich hatte viel Arbeit auf der *Rhenus 142*, vor allem dann, wenn vorübergehend der Matrose fehlte. Unsere Ladung bestand oft aus Bauxit, Kohle oder Schwefel. Das Schiff war danach immer total verdreckt. Wenn wir mit viel Mühe das Schiff wieder sauber hatten, kam schon die nächste Dreckladung. Mit viel Interesse schaute ich dann immer auf die »Weiße Flotte«, die Schiffe der Köln-Düsseldorfer (»KD«), die an uns vorbeifuhren. Deren Ladung waren Menschen –bewegliche Ladung –, die das Schiff beluden, indem sie an Bord kamen, und entluden, indem sie wieder von Bord gingen. Die Besatzung trug eine schicke Uniform, flirtete mit den weiblichen Passagieren und machte sich die Hände nicht schmutzig. Das wäre doch auch ein schöner und interessanter Job für dich, sagte ich mir. Mir war auch klar, dass ich das Rheinpatent auch bei der Köln-Düsseldorfer machen konnte. Also endschloss ich mich, Schiff und Reederei zu wechseln. Ich besorgte mir die Adresse der KD in Köln und schickte ein Bewerbungsschreiben auf den Weg. Bald bekam ich eine Antwort, in der sie mir mitteilten, dass sie mich gerne für die nächste Saison als Matrose einstellen würden. Ich ließ mir weitere Informationen zu Heuer, Urlaub, Aufstiegsmöglichkeiten etc. zuschicken. Später wurde ich zum Vorstellungsgespräch nach Köln-Frankenwerft eingeladen. Dort bekam ich die feste Zusage, dass sie mich in der nächsten Saison auf einem ihrer Schiffe einsetzen würden. Ich kündigte vorschriftsmäßig unter Einhaltung einer dreimonatigen Kündigungszeit. Die Reederei Rhenus und mein Schiffsführer Paul Siebert bedauerten meine Kündigung sehr. Sie versuchten mich umzustimmen, aber mein Entschluss stand fest.

Rhenus 142 bekam plötzlich Maschinenschaden und musste in Mannheim auf die Werft. Schnell beantragte ich meinen Jahresurlaub. Ich wollte wieder nach Spanien, doch auf dem Reisebüro teilte man mir mit, dass alles nach Spanien ausgebucht war. Daraufhin bot man mir einen vierzehntägigen Aufenthalt im Hotel Arda in Sonnenstrand in Bulgarien an. Ich überlegte nicht lange und buchte den Urlaub am Schwarzen Meer. Es wurde ein Urlaub, der mein Leben verändern sollte.

Druzba Bulgaria – Urlaub am Schwarzen Meer

Hoch über den Wolken flog ich mit einer russischen Maschine der Bulgarian Airline von Frankfurt nach Varna. Es war der erste Flug in meinem Leben und so war ich natürlich etwas nervös. Wir starteten in einen dicht mit Wolken verhangenen Himmel und befanden uns nach kurzer Zeit über den Wolken, in einer von der Sonne beschienenen Traumlandschaft. Es wurde ein schöner Flug und eine neue Erfahrung für mich.

Nach der vielen schweren Arbeit an Bord war ich richtig urlaubsreif. Ich wollte mal ausschlafen, entspannen und im Meer baden. Viele meiner Mitreisenden kamen aus der Frankfurter Gegend. Die meisten machten, so wie ich, das erste Mal Urlaub hinter dem sogenannten »Eisernen Vorhang«. Wie wird das wohl werden, fragten wir uns, denn wir waren ja für die Kommunisten der Klassenfeind. Doch wir brachten wertvolle Devisen ins Land und waren deshalb willkommene Gäste.

Der Stand der Dinge: Eiserner Vorhang

Nachdem der Diktator Stalin 1953 gestorben war, wurde Nikita Chruschtschow, ein Ukrainer, Präsident der Sowjetunion. Er verurteilte Stalin und seine Politik. Viele politische Häftlinge kamen während seiner Regierungszeit wieder frei. Er hatte wohl ein etwas cholerisches Temperament – als ihm bei einer UNO-Sitzung in New York das Thema nicht gefiel, erhob er Einspruch, indem er einen Schuh auszog und damit auf den Tisch klopfte. In der Kubakrise war Kennedy Präsident der USA. Fast wäre es in seiner Amtszeit wegen Kuba zu einem atomaren Krieg gegen die UdSSR und den Ostblock gekommen, doch Chruschtschow lenkte im letzten Moment ein. Er war unberechenbar. Die russische Krimhalbinsel gliederte er für alle Zeiten an die Ukraine an. Auch das westlich der Oder-Neiße liegende Stettin und Swinemünde sollten von Polen an Deutschland zurückgegeben werden. Doch es scheiterte leider am lauten Protest aus Warschau und an der Uneinigkeit von Westdeutschland und der DDR. – Alle Welt spricht von einer Oder-Neiße-Grenze, doch niemandem ist bewusst, dass die Grenze bei Stettin nicht die Oder ist, sondern eine Landgrenze, die westlich der Oder verläuft. – Es herrschte weiterhin Kalter Krieg und der »Eiserne Vorhang« ging mitten durch Deutschland. Wir Touristen mit unserem Visum waren davon jedoch nicht betroffen. Wir waren eben nützliche »Kapitalisten«, die Bulgarien wertvolle Devisen brachten.

Urlaub in Sonnenstrand am Schwarzen Meer

Nach der Landung in Varna wurden wir mit zwei kleineren Propellerflugzeugen weiter zu unserem Bestimmungsort befördert. Eine Gruppe flog nach Goldstrand und ich mit der anderen Gruppe nach Burgas. Anschließend transportierte man uns mit dem Bus nach Sonnenstrand ins Hotel Arda. An der Rezeption wurden wir freundlich empfangen und eingecheckt. Danach stieg ich in den Aufzug, um in die fünfte Etage zu gelangen. Nach der ersten Etage jedoch blieb der Aufzug stecken. Ich betätigte den Alarm und schon waren Leute da, die mir helfen wollten. Wir bekamen die Türe auf und ich konnte durch eine Öffnung von ca. zwei Metern hinunter in die erste Etage schauen. Das war wohl komisch, denn alle lachten, als ich durch den Spalt schaute. Ich reichte ihnen meinen kleinen Koffer und meine Tasche. Jetzt kamen auch schon zwei Mädchen mit einer Leiter angerannt. Zum Glück hatte ich damals noch keinen Bauch, sonst wäre es doch schwierig für mich geworden. So jedoch kletterte ich ohne Schwierigkeiten an einer Leiter in die erste Etage hinunter. Meine Helfer lachten und klatschten in die Hände, ich sagte »danke, danke!«. Es war eine echte Zirkusnummer. So war ich gleich bekannt beim Personal, ich war der Mann, der aus dem Aufzug kam.

Nachdem ich mich geduscht und umgezogen hatte, begab ich mich in den Speisesaal zum Abendessen. Der Saal bestand aus einer großen Fläche, die mit Treppen mit der Ersten und zweiten Etage verbunden war. Schon war ein Kellner zur Stelle, der mir erklärte, dass die Leute aus dem Westen nur unten essen dürfen. Unten aßen also die von den Kapitalisten ausgebeuteten Arbeiter und Knechte mit Speisekarte, während oben die Werktätigen aus den sozialistischen Brudernationen speisten. Wir unten wurden auch immer zuerst bedient, waren eher fertig und konnten zum Strand gehen. Später habe ich mich mal mit einem Funktionär aus der DDR unterhalten. Der wollte mich von den Vorzügen des Sozialismus überzeugen. Als ich ihn aufforderte, mir doch mal die Sitzordnung in unserem Speisesaal zu erklären, wurde er furchtbar wütend und stampfte davon. Manchmal konnte ich es einfach nicht lassen, die Leute aus der DDR mit so kleinen Boshaftigkeiten zu ärgern.

In Wirklichkeit fand ich die vielen Gruppen von Mittel- und Osteuropäern sehr interessant. Viele waren von einer natürlichen Freundlichkeit, die uns aus dem Westen verlorengegangen war. Vor allen Dingen die Frauen mit dem slawischen Einschlag fand ich sehr sinnlich.

Bester Armdrücker im Hotel Arda

Doch jetzt legte ich erst mal zwei bis drei Ruhetage ein, um mich zu erholen. Ich ging spazieren, im Meer baden, machte meinen Mittagsschlaf und ging abends früh schlafen. Einmal, als ich vom Strand zurückkam, beobachtete ich, wie die Kellner Armdrücken machten. Alle kannten mich, wussten auch, dass ich kein Bürokrat war, sondern als Matrose auf einem Schiff arbeitete. Sie freuten sich, als ich mich dazusetzte. Ich schaute mir das eine Zeitlang an. Als ich die dünnen Ärmchen der Kellner sah, sagte ich, dass ich gegen den Besten drücken möchte. Alle kamen herbei, auch das schöne schwarzhaarige Mädchen von der Rezeption, die wie eine Türkin aussah und so gut Deutsch sprach. Ich machte das Armdrücken natürlich nicht zum ersten Mal. Mit etwas Technik und viel Kraft wurde ich der Sieger. Ich war jetzt der beste Armdrücker im Hotel Arda. Es wurde mir manchmal schon etwas lästig, denn jedes Mal, wenn eine neue Reisegruppe kam, suchten die Jungs einen geeigneten Armdrücker für mich. Ich hatte sie nie enttäuscht und immer gewonnen – bis eines Tages eine Gruppe Russen auftauchte. Einer der Russen schließlich hat mich gedrückt und ich habe meinen Titel, »bester Armdrücker vom Hotel Arda« verloren. Auch meine Jungs waren traurig, denn sie mochten ihre großen slawischen Brüder aus Russland nicht. Doch schlimmer war: Das süße Mädchen an der Rezeption, das so gut Deutsch sprach, war auch enttäuscht (Scheißrusse!).

Mein dritter Tag brach an. Ich war ausgeruht und fit. Nicht weit vom Hotel sollte eine Tanzveranstaltung stattfinden, und so entschloss ich mich, am Abend tanzen zu gehen. Als ich den Tanzsaal betrat, spielte die Band bereits heiße Tanzmusik. Einer der Kellner erkannte mich und führte mich an einen Platz, an dem bereits drei Mädchen saßen. Das waren Freundinnen, eine aus Bulgarien, die zweite aus Polen und die dritte aus der DDR. Ich fragte in die Runde, ob ich mich dazusetzen dürfte. Alle drei nickten und so setzte ich mich. Als ich eine Runde für alle ausgegeben hatte, wurden sie freundlich und zutraulich. Das Mädchen aus Leipzig sächselte stark, aber mit ihr habe ich mich interessant unterhalten. Die Polin konnte nur ganz wenig Deutsch. Aber schließlich entschied ich mich für die Bulgarin. Sie war Kellnerin, sprach nicht so gut Deutsch, doch sie war anschmiegsam und zärtlich, mit ihr konnte ich auch gut tanzen. Als ich sie später nach Hause brachte, bekam ich einen schnellen Kuss und weg war sie. Wir trafen uns später noch einige Male, doch sie hatte wenig Zeit, denn sie war Kellnerin und musste arbeiten. Meistens jedoch war ich alleine auf der »Pirsch«.

... frisch verliebt!

Eines Abends jedoch war Tanz in unserem Hotel. Ich saß alleine am Tisch und schaute den Leuten zu, die in den Saal strömten. Ich staunte über die verschiedenen Gruppen aus der Sowjetunion. Blonde Typen aus der Ukraine und Russland, dunkelhaarige Leute aus dem Kaukasus und Leute aus Asien mit kleinen, schrägen Augen. Ich versuchte öfter mal, mit ihnen Kontakt aufzunehmen, aber meistens konnten sie kein Deutsch. Außerdem hatten sie wenig Interesse und blieben lieber unter sich. Dennoch lernte ich eine blonde Lehrerin aus Minsk kennen, die auch gut Deutsch sprach . Mit der habe ich mich auch gleich zum Schwimmen um Mitternacht verabredet. Sie kam auch wirklich, doch sie brachte einen großen »Iwan« mit, der in den Dünen saß und uns beim Schwimmen beobachtete. So hatte ich keinen Spaß am Schwimmen mit ihr und habe mich freundlich verabschiedet. Sie und ihr Iwan blieben aber noch.

Mit den Urlaubern aus Ungarn, Polen und Tschechien bekam ich schneller Kontakt, doch meistens konnten sie kein Deutsch. Obwohl der Politoffizier mich nicht mochte, war es ganz natürlich, dass ich oft mit den Leuten aus der DDR zusammen war.

Ein blondes Mädchen mit einem schönen Lächeln

Eines Abends, es war mal wieder Tanz in unserem Hotel, betrat eine kleine Gruppe Tschechen den Saal. Ein blondes Mädchen mit einem schönen Lächeln gefiel mir sofort. Ich beobachtete sie eine Weile und konnte meine Augen nicht von ihr lassen. Als dann die Musik zum Tanz aufspielte, war ich sofort bei ihr und bat um einen Tanz. Während wir tanzten, bemühte ich mich um ein Gespräch. Zum Glück sprach sie etwas Deutsch, ein gebrochenes Deutsch, in das ich mich gleich verliebte. Ich erzählte ihr, dass ich aus Westdeutschland käme und als Matrose auf einem Schiff auf dem Rhein führe, was sie mit viel Interesse zur Kenntnis nahm. Daraufhin sagte sie, sie sei Tschechin und in Ostrava in Mähren zu Hause. Den ganzen Abend haben wir getanzt und uns angeregt unterhalten. Der schöne Abend ging viel zu schnell vorbei. »Ich heiße Jürgen«, sagte ich zum Abschied und sie sagte, dass sie Jirina heiße. Bevor wir auseinandergingen, übte sie noch den »Jürrgen« und ließ das »r« rollen. Wie schön! Wir verabredeten uns für den nächsten Morgen am Strand.

Am nächsten Tag war ich schon früh am Meer. Ein warmer Sommerwind wehte über den schönen weißen Sandstrand. Leichte Wellen brandeten ans Ufer. Möwen kreischten und die Blätter der nahen Bäume rauschten im Wind. Wie schön. Ein Tag zum Verlieben – es fehlte nur noch Jirina. Endlich war sie da. Voller Freude begrüßten wir uns. Dann suchten wir eine schöne Stelle am Strand und breiteten unsere Decken aus. Schnell zogen wir uns aus, nahmen uns an die Hand und rannten gemeinsam durch die leichte Brandung ins Meer.

Wir trafen uns jetzt täglich und erlebten eine schöne gemeinsame Zeit in Bulgarien. Einmal fuhren wir mit dem Bus nach Burgas und ein andermal besuchten wir das historische Nessebar, einen Ort, der geschützt auf einer Halbinsel lag. Ich hatte die Zeit vergessen, denn meine 14 Tage Urlaub gingen zu Ende. Einige meiner Frankfurter Bekannten wollten vier Tage verlängern, indem sie mit dem Schiff nach Istanbul fuhren, um von dort mach Hause zu fliegen. Das wollte ich eigentlich auch. Doch dann blieb ich doch lieber eine Woche länger bei meiner Jirina. Die Kellner im Hotel Arda waren sauer auf mich, denn ich hatte meine bulgarische Freundin ganz vergessen. Ich habe mich dann schnell bei ihr entschuldigt und verabschiedet. Erst war sie traurig, doch dann wurde sie wütend und fing an, in Bulgarisch mit mir zu schimpfen. Daraufhin bin ich mal lieber schnell weggegangen. Ich konnte auch nichts dafür, dass ich mich in die kleine blonde Jirina verlieben würde.

Zusammen verbrachten wir noch eine schöne gemeinsame Zeit in Sonnenstrand am Schwarzen Meer. Dann kam der Tag, als Jirina nach Hause musste. Wir tauschten unsere Adressen aus und ich versprach ihr, sie bei sich zu Hause in Ostrava zu besuchen. Wir küssten uns noch einmal innig, ich wünschte ihr einen guten Flug, und sie stieg in den Bus, der sie zum Flughafen bringen sollte.

Zwei Tage musste ich noch bleiben, dann flog auch ich zurück nach Frankfurt. Anschließend fuhr ich vom Flugplatz gleich mit dem Zug weiter nach Duisburg zu meiner Oma. Am nächsten Morgen meldete ich mich bei der Personalabteilung bei Rhenus in Duisburg. Dort sagte man mir, dass ich, wenn ich wolle, ruhig noch drei Wochen Urlaub machen könne. Ich überlegte kurz: Sollte ich etwa drei Wochen in Duisburg rumhängen? Nein, das wollte ich nicht! Ich endschloss mich, meine neuen Freundin in Ostrava zu besuchen, die ich nicht vergessen konnte. Doch wie sollte das alles gehen, noch eine Reise hinter den Eisernen Vorhang?

Meine erste abenteuerliche Reise nach Ostrava

Ich durfte jedoch keine Zeit verlieren. Also ging ich sofort in Duisburg
zum Reisebüro. Innerhalb von drei Tagen hatte ich ein Visum für die CSSR. Die Reise mit dem Zug würde dann etwa 20 Stunden dauern und von Duisburg über Nürnberg, Prag bis Ostrava verlaufen. Ein Hotel habe ich nicht gebucht, denn ich dachte wohl, dass ich irgendwie bei Jirina unterkommen würde. Also buchte ich die Reise. Sofort schrieb ich Jirina einen schnellen Brief, dass ich kommen würde, doch ich habe wohl ein falsches Datum angegeben, denn Jirina hatte mich einen Tag später in Ostrava erwartet.

Am nächsten Tag kam meine Mutter überraschend zu Besuch. Ich erzählte ihr von meiner neuen Freundin im fernen Ostrava. Sie war erst mal nicht begeistert, denn es herrschte »Kalter Krieg« zwischen Ost und West und sie hatte Angst, dass mir etwas passieren könnte. Ich beruhigte sie, indem ich ihr erzählte, wie viele freundliche Menschen ich in Bulgarien kennengelernt hätte und was für ein liebes nettes Mädchen meine Jirina sei. »Ja, ja«, meinte sie dazu, »wäre es nicht einfacher, du hättest dir ein Mädchen hier in Deutschland oder Holland angelacht?« Oma fragte nur, ob sie den auch katholisch sei. Als ich das bejahrte, war Oma zufrieden.

Bald schon holte ich auf dem Reisebüro mein Visum und die Fahrkarte ab. Meine zweite abenteuerliche Reise in ein fremdes kommunistisches Land konnte beginnen. Mein kleiner Koffer und meine Tasche waren gepackt und schon stieg ich in den Zug nach Nürnberg. In Nürnberg wartete ich noch einige Zeit auf den Zug, der aus Paris kam und der mich nach Prag bringen sollte. Als er endlich kam, suchte ich in einem der Waggons meinen Platz, denn ich hatte reserviert. Eine alte Dame kam in mein Abteil, sie hatte ebenfalls reserviert. Als der Zug Nürnberg verlassen hatte, kam ich mit der alte Dame ins Gespräch. Sie erzählte, dass Ostrava auch ihr Reiseziel sei. Ich war sehr froh darüber. Sie lebte in einem Dorf nahe der polnischen Grenze im schlesischen Teil von Mähren, im Hultschiner Ländchen. Wir würden um 3 Uhr nachts in Ostrava ankommen und ihr Sohn würde sie abholen, erzählte sie weiter. Die Oma gefiel mir. Sie war eine freundliche, resolute Frau. Auch sprach sie die drei Sprachen, die an der Grenze von vielen, meist älteren Leute noch gesprochen wurden: Tschechisch, Deutsch und Wasserpolnisch. Ich erzählte ihr meine Liebesgeschichte. Sie schüttelte den Kopf und sagte immer wieder: »Wie ist das möglich, wie ist das möglich!«

So erreichten wir Marktredwitz und die deutschen Zöllner kamen in den Zug und kontrollierten. An der tschechischen Grenze wurden die Lokomotiven ausgetauscht. Eine riesige tschechische Dampflock mit einem großen roten Stern wurde vor unseren Zug gekoppelt. Die tschechischen Grenzbeamten kamen in den Zug, alles junge Leute. Als sie den Grund meiner Reise erfuhren, stempelten sie mein Visum ab, schmunzelten und wünschten mir eine gute Reise. In Cheb hielt der Zug und die Grenzbeamten stiegen wieder aus. Ich machte das Fenster auf und schaute auf den verlassenen Bahnhof: Alles war grau und trist. Aus dem Lautsprecher ertönte eine monotone tschechische Durchsage, schauerlich. Ich machte schnell das Fenster wieder zu. Endlich, unter lautem Stöhnen und Zischen, zog die gewaltige Dampflock den Zug an und wir nahmen Fahrt auf. Die Sonne ging auf. Wir fuhren jetzt durch die schöne böhmische Landschaft. Der Zug hielt noch mal in Marianske Lazne und Pilsen, danach fuhren wir über die Moldaubrücke und waren im goldenen Prag. Hier stieg ich in Begleitung meiner alten Reisebegleiterin in den »Ostravan«, einen sehr schnellen Zug, der uns nach Ostrava bringen sollte. Bevor wir jedoch einsteigen konnten, kam ein Schaffner und fragte uns nach unseren Platzkarten. Doch wir hatten keine und es wurde uns verboten, einzusteigen. Die Oma schimpfte mit den Schaffner und fuchtelte mit ihrem Stock, doch der Kerl wollte uns partout nicht einsteigen lassen. Als er dann endlich weiterging und außer Reichweite war, sagte die Oma zu mir: »Jungchen, stell schnell die Koffer in den Zug.« Sofort tat ich, wie sie mir gesagt hatte, hob und schob die Oma hinterher, schnell sprang ich anschließend selber in den Zug und knallte die Tür zu. Kurz danach setzte sich der Zug in Bewegung. Wir waren drin. Die Oma schimpfte und grummelte noch eine Zeitlang in Polnisch oder Tschechisch vor sich hin, doch dann hatte sie sich beruhigt. Der Zug war nur halb voll, keiner fragte uns nach Platzkarten. Wir versuchten etwas zu schlafen, während der »Ostravan« mit hoher Geschwindigkeit durch die Nacht raste.

Um 3 Uhr nachts erreichten wir Ostrava. Ich stieg aus dem Zug, aber keine Jirina war zu sehen. Es war das besagte Missverständnis: Jirina glaubte, ich käme erst am nächsten Tag. Die Oma war neugierig, sie wollte Jirina noch sehen, bevor sie nach Hause fuhr. Ihr Sohn stand mit dem Auto am Bahnhof. Als ich nicht abgeholt wurde, haben sie mich ins beste Hotel der Stadt, das Hotel Ostrava, in dem auch westliche Ausländer übernachten durften, gebracht. Ich bedankte und verabschiedete mich und wünschte ihnen eine gute Heimfahrt.

Im Hotel war man überrascht: ein Gast aus dem Westen mitten in der Nacht, ganz ohne Voranmeldung. Ich musste meinen Pass mit dem Visum abgeben und bekam ein schönes Zimmer. Ich war müde und ging erst mal schlafen, morgen würde sich schon alles Weitere ergeben, sagte ich mir.

Hotel Ostrava

Exkurs: kleine Geschichte von Ostrava
Ostrava ist eine Stadt der Kohle- und Stahlindustrie, hat ca. 300.000 Einwohner und erinnert mich an Duisburg. Hier in Ostrava ist Jirina geboren und aufgewachsen, hat die Schule besucht und ihren Beruf gelernt.

In Ostrava verläuft seit altersher die historische Landesgrenze zwischen Mähren und Schlesien. Die Stadt entstand vor langer Zeit aus zwei Dörfern an der Mündung der Ostravice in die Oder. Am Westufer der Ostravice entstand das Dorf Moravska Ostrava des Herzogtums Mähren und am Ostufer der Ostravice das Dorf Sleska Ostrava des Herzogtums Schlesien. Die beiden Dörfer haben sich später zur Stadt Ostrava vereinigt. Heute ist Ostrava die Hauptstadt von Moravsko-Slezky-kray (Mährisch-Schlesien). Dieser Landesteil der Republik Tschechien setzt sich zusammen aus Mährisch Ostrau und einem Teil des mährischen Hinterlandes sowie aus dem alten Teil des österreichisch-mährischen Schlesien und dem ehemaligen preußisch-schlesischen Hultschiner Ländchen. Vor dem Krieg lebten auch viele Deutsche in der Region, die nach dem Krieg vertrieben wurden.

Mit dem Taxi nach Poruba

Am nächsten Morgen, nach dem Frühstück, ließ ich mir an der Rezeption den Weg zu Jirinas Adresse im Stadtteil Poruba erklären. Bei der Gelegenheit tauschte ich noch meinen Pflichtumtauschsatz von DM in Kronen zu einem Kurs von eins zu vier ein. Darüber bekam ich eine Bescheinigung, die ich bei der Ausreise an der Grenze vorzeigen musste. Von einem Taxi ließ ich mich dann für 10 DM, der Taxifahrer wollte keine Kronen, nach Poruba fahren. Bald schon stand ich vor dem Haus, in dem Jirina wohnte. Ich war nervös, mir klopfte das Herz, aber ich stieg tapfer die Treppen hoch bis in die vierte Etage. Dort endlich stand auf einer Tür Jirinas Familienname: »Prepiora«. Ich verschnaufte eine Weile, rückte meine Krawatte gerade und drückte auf die Schelle. Die Tür öffnete sich und mir gegenüber stand ein älterer Herr, auf einen Gehstock gestützt, der mich durch seine Brille erstaunt anschaute. Ich begrüßte ihn und sagte: »Ich bin der Jürgen aus Deutschland und möchte das Fräulein Jirina besuchen. Leider spreche ich kein Tschechisch«, sagte ich noch schnell zum Schluss. Jetzt lächelte er und gab mir die Hand. »Kommen sie herein, kommen sie herein, ich bin Jirinas Vater. Sie ist nicht zu Hause, aber ich werde sie anrufen«, sagte er in etwas gebrochenem Deutsch. Er wusste wohl schon über mich Bescheid. Jirina war technische Zeichnerin, sie arbeitete in einem Büro in Ostrava. Ihr Vater telefonierte mit dem Büro und bekam sie ans Telefon. Nachdem er kurz mit ihr gesprochen hatte, gab er mir den Hörer, ich sagte nur »Hallo Jirina« und sie antwortete ganz aufgeregt: »Ich komme ganz schnell!«, und legte auf.

Von ihrem Büro bekam sie sofort frei, denn wer bekam schon Besuch aus dem Westen. Ihr Vater machte mir inzwischen einen Tee und wir versuchten miteinander zu sprechen. Bald darauf kam Jirinas Mutter nach Hause, leider sprach auch sie nur wenig Deutsch, doch sie freute sich über meinen Besuch. Der Vater war ein wenig skeptisch, er musste mich ja auch erst mal kennenlernen. Eigentlich mochte er keine Deutschen, erzählte Jirina mir später. Er konnte die schlimme Besatzungszeit im Krieg wohl nicht vergessen. Mir gegenüber jedoch war er immer freundlich.

Etwas später kam Jirinas jüngerer Bruder Vaclav nach Hause, er studierte und wollte später Ingenieur werden. Er sprach besser Deutsch als seine Eltern und so unterhielten wir uns angeregt. Auf einmal wurde die Tür aufgeschlossen und Jirina war da. Sie hing schnell ihren Mantel an die Garderobe, sagte »Ahoj« zu ihrer Familie, zu mir sagte sie mit einem lachenden Gesicht: »Wie schön, dass du da bist!«, und küsste mich. Alle waren überrascht und guckten mit großen Augen.

Inzwischen war das Essen fertig. Es gab Stampfkartoffeln mit Speck und viel Zwiebeln. Jirinas Mutter gab mir gleich zwei Kellen voll auf meinen Teller und fragte: »Gut?« Als ich nickte, bekam ich gleich noch einen Nachschlag. Mir standen vor Entsetzen die Haare zu Berge. Jirinas Mutter meinte es natürlich gut, Zwiebeln sind gesund, das wusste ich auch, nur ekelte ich mich vor Zwiebeln. Mit viel Überwindung aß ich etwas davon. Ich wollte nicht unhöflich sein, musste auch noch so tun, als ob es mir schmeckte, denn alle schauten mich an. Ich war wohl ein guter Schauspieler, denn keiner hat gemerkt, wie ich mich ekelte. Als ich das überstanden hatte und einen Moment mit Jirina allein war, sagte ich zu ihr, sie soll ihrer Mutter doch bitte sagen, dass ich keine Zwiebeln mag. Jirina war ganz erstaunt und sagte: »Ins Essen müssen Zwiebeln!« Ich sagte ihr, dass ich bis jetzt auch ohne Zwiebeln überlebt hätte. Daraufhin lachte sie und meinte: »Wie ist das möglich!?«

Nach dem Essen verließen wir Jirinas Zuhause und spazierten Händchen haltend auf Porubas Hauptstraße, der »Leninova«, an deren Ende auch ein großes Denkmal von Lenin stand. Die Straße war schön und großzügig angelegt mit einem breiten Grünstreifen in der Mitte, der mit Blumen bewachsen war und auf dem Bänke zum Verweilen aufgestellt waren. Mittelgroße Hochhäuser nach russischer Architektur – mit etwas verschnörkelten Fassaden – säumten die Straße. Wir gingen in ein Kaffee, suchten uns einen Platz ganz hinten in der Ecke, wo wir ungestört waren, und bestellten uns einen Kaffee. Jetzt saßen wir da, schauten uns in die Augen, schmusten und küssten uns, waren glücklich und erzählten aus unserem Leben.

Jirina hatte die Baugewerbeschule besucht, anschließend ihr Fachabitur gemacht und arbeitete jetzt als technische Zeichnerin. Ihre Hobbys waren Segelfliegen, Malen, Theater und Konzertbesuche. Sie hatte die Prüfung »Segelflieger« bestanden, doch später das Segelfliegen aufgegeben, weil der neue Flugplatz zu weit weg war. Bei der Mutter eines Arbeitskollegen, der Frau Jermasch, nahm sie Privatunterricht in deutscher Sprache. Sie hatte Bildung und Niveau, das bewunderte und liebte ich an ihr. Ich hatte nur die Hauptschule besucht. Meine Prüfungen zum Schiffsführer auf dem Rhein und der Elbe sowie sechs Monate Seefahrtschule mit anschließender Prüfung zum Kapitän zur See standen mir jedoch noch bevor. Doch auch als Matrose auf einem Schiff und als Westdeutscher war ich damals in Ostrava ein interessanter Typ. Egal, Jirina mochte mich, und das war mir wichtig. Viel zu schnell ging der Tag vorbei, ich brachte Jirina nach Hause und fuhr zurück ins Hotel Ostrava. Für das Wochenende planten wir einen Ausflug in die Beskiden. Auf dem Berg Radhost hatte Jirina in einem Hotel ein Zimmer gebucht. Voller Freude fuhren wir in die Berge und verbrachten im Hotel auf dem Radhost unsere erste gemeinsame Nacht. Es war schön dort oben, doch Sonntagnachmittag begaben wir uns wieder zeitig auf den Heimweg, denn Jirina musste am Montag wieder arbeiten.

Familienbesuch in Dolni Lutyne

Bevor ich nach Hause fuhr, besuchten wir noch die Familie von Jirinas Mutter in Dolni Lutyne, nahe der Grenze zu Polen im schlesischen Teil von Mähren. Das Dorf hatte eine schöne, typische Kirche mit Zwiebelturm inmitten eines Friedhofs, auf dem auch einige Vorfahren von Jirina begraben sind. Auf der anderen Seite der Grenze, im ehemaligen deutschen Oberschlesien, ist mein Vater geboren. Also sind Jirinas Mutter und mein Vater Schlesier und deshalb Landsleute, auch wenn jetzt eine Grenze dazwischen ist. Das war ja auch nicht immer so.

In alter Zeit waren Schlesien, Böhmen, Mähren und Ungarn Teil der österreichisch-ungarischen k. u. k. Monarchie. In einem Krieg gegen Preußen verloren die Österreicher Schlesien bis auf ein kleines Stück, das damalige Österreichisch-Schlesien, das heutige Moravska Sleska, aus dem die Familien von Jirinas Mutter und Vater stammen.

– Nach dem Einmarsch der deutschen Truppen 1938 in die CSSR wurde Mährisch-Schlesien für kurze Zeit deutsch und mit der deutschen Provinz Oberschlesien vereint. Jirinas Eltern heirateten 1939, laut Heiratsurkunde, in Lutyni Niemieckiej. Nach dem verlorenen Krieg 1945 wurde Oberschlesien polnisch und Mährisch-Schlesien wieder ein Landesteil der Tschechischen Republik. –

Zuerst besuchten wir Jirinas Onkel Karl mit seiner Frau Anna. Sohn Miroslav, seine Frau Heda und Töchterchen Pavlinka wohnten im selben Haus. Vor der Türe schon wurden wir von der Familie und ihren Hund Putzko freudig begrüßt. Erst mal tranken wir alle zusammen Kaffee und aßen Kuchen. Alle wollten mit mir sprechen, doch ich konnte leider kein Tschechisch. Jirina musste immer wieder übersetzen, nur Tante Anna sprach Deutsch, mit ihr konnte ich mich gut unterhalten. Ich hatte auch schon ein klein wenig Tschechisch gelernt, wie z. B. Guten Tag – »dobry den«, kleines Bier – »male pivo«, und von der Tante Anna lernte ich dann noch einen kleinen Reim: »mucha = Fliege, koza = Ziege«. Die kleine Pavlinka schaffte es jedoch immer wieder, die Aufmerksamkeit auf sich zu lenken. Sie versteckte sich und rief »podivej se«, das heißt so viel wie »guck mal«.

Nach einiger Zeit machten wir uns auf, um Jirinas Großmutter zu besuchen. Sie wohnte in Sichtweite vom Haus der Familie ihres Sohnes. Das Haus und das Grundstück gehörten ihr. Ein Teil davon war Wiese, doch auf dem größeren Teil baute sie verschiedene Sorten Getreide sowie Gemüse und Kartoffeln an. Viel schaffte sie ja nicht mehr, denn sie war schon alt, doch die ganze Familie half ihr bei der Feldarbeit. Auf einer Wiese grasten ihre beiden an einer Leine angebundenen Ziegen. Außerdem hatte sie noch Hühner, Gänse, Enten und Kaninchen. Vor dem Haus an einer Kette angebunden bellte ein Hund. Das alarmierte die Großmutter, sie kam vor die Tür, begrüßte uns herzlich und bat uns einzutreten. Sie schaute mich immer wieder freundlich an und Jirina erzählte mir später, dass sie in Tschechisch gesagt hätte: »Wo hast du bloß diesen netten Jungen gefunden?!« (»krasny kluk«). Sie hatte wohl auch keinerlei Vorurteile gegenüber Deutschen. Wie mir später erzählt wurde, hatte sie in den letzten Kriegstagen einen desertierten deutschen Soldaten versteckt. Wenn man ihn entdeckt hätte, wäre er wohl erschossen worden und auch die Großmutter hätte große Schwierigkeiten bekommen. Es ist aber zum Glück alles gut gegangen.

Jirinas Großvater lebte schon lange nicht mehr. Die Familie Popek hatte etwas Landwirtschaft, doch Jirinas Großvater wurde kein Bauer, sondern arbeitete später bei der Eisenbahn, der »Ceskoslovenske statni drahy«. Als ihr Mann gestorben war, bewirtschaftete die Großmutter, unterstützt von ihrer Familie, den kleinen bäuerlichen Betrieb. Auf dem Land bei ihrer Babicka verbrachten die Stadtkinder Jirina und ihr Bruder Vaclav gerne und oft ihre Schulferien.

Jirina mit Oma und Cousine Vera

Wir übernachteten noch eine Nacht in Lutyne, verabschiedeten uns am anderen Morgen und fuhren zurück nach Ostrava. Zwei Tage später brachte Jirina mich zum Bahnhof in Ostrava-Svinov und nach einem langen Abschiedskuss stieg ich wieder in den Schnellzug »Ostravan«, der mich erst mal nach Prag brachte. Von dort fuhr ich mit dem internationalen Zug über Nürnberg und im Anschluss nach Duisburg. Hier blieb ich erst mal eine Woche, um mein Erlebtes zu verarbeiten. – Unseren gemeinsamen Sommerurlaub hatten wir bereits geplant: 14 Tage Urlaub in Böhmen an der Moldau-Talsperre bei Lipno. Wir wollten uns dann zum vereinbarten Zeitpunkt in Prag treffen und gemeinsam mit dem Zug nach Lipno fahren.

Dienstantritt bei der KD in Köln

Ich hatte inzwischen bei der Reederei Rhenus gekündigt und fuhr nach Köln aufs Personalbüro der Reederei Köln-Düsseldorfer. Die waren nicht begeistert, dass ich im Sommer in der Saison Urlaub machen wollte. Aber es herrschte Personalmangel und so wurde mein Urlaub genehmigt. Der größte Teil der Flotte lag im Kölner Rheinauhafen nicht weit vom Stadtzentrum. Es waren Passagierschiffe aller Art. Auch dampfgetriebene Raddampfer waren dabei, wie z. B. die *Frieden*, die *Goethe* und die *Cecilie*. Ich wohnte bis zum Saisonanfang in einer Kabine auf der *Helvezia*. Eines Tages wurde ich zu einem Schneider geschickt, der schneiderte mir eine schicke blaue Maßuniform mit Goldknöpfen. Die Saison konnte also beginnen.

Bis dahin hatten wir aber noch viel Arbeit, denn wir mussten die Schiffe noch komplett mit weißer Farbe anstreichen. Wir waren eine Gruppe junger Matrosen und hatten viel Spaß bei der Arbeit. Jeden Morgen kam ein junges Mädchen auf ihrem Weg ins Büro bei uns vorbei. Mein Kollege Oskar rief dann immer: »Guten Morgen, Mäuschen!«, doch sie ging immer ohne aufzuschauen vorbei. Eines Morgens jedoch, sie war wohl schlecht gelaunt, blieb sie stehen, stampfte mit ihren Füßen auf die Erde und sagte: »Ich bin kein Mäuschen!« Alle lachten und sagten: »Du bist doch ein Mäuschen.« In Zukunft kam unser »Mäuschen« nie wieder an unserem Schiffen vorbei, sondern machte einen Umweg, schade.

Unser Hafenkapitän hieß A. Runkel. Er teilte morgens nach dem Frühstück die Arbeit ein, die auf den Schiffen gemacht werden musste. Einer der Rudergänger, Edgar, hatte ihn verärgert, indem er sagte, er wäre kein Hafenkapitän, sondern ein Hafenschiffsführer. Da es in der Binnenschifffahrt nur Schiffsführerpatente gäbe, könne er sich auch nicht als Hafenkapitän bezeichnen. Das stimmte schon, doch wenn in der Saison ein Schiffsführer in voller Uniform auf einem großen Passagierschiff mit einigen Hundert Fahrgästen an Bord auf der Brücke stand und ein schwieriges Anlegemanöver leitete, war man schon geneigt, ihn als Kapitän zu bezeichnen. Doch Edgar konnte ihn nicht leiden und wollte ihn nur ärgern. Runkel war jedoch zutiefst in seinem Ego verletzt. Er kam auch zu mir und sagte: »Stell dir mal vor, was der Bohnenstengel zu mir gesagt hat – ich wäre ein Hafenschiffsführer.« Ich schmunzelte amüsiert und sagte nur: «Das ist ja allerhand«, denn ich wollte unser gutes Verhältnis nicht unnötig belasten. Unser »Hafenkapitän« versuchte sich zu rächen. Zu allen schmutzigen Arbeiten wurde Edgar eingeteilt.

Der größte Teil der nautischen Besatzung stammte aus dem Mittelrheingebiet und manche auch von der Mosel. Oskar Hammerschmidt und ich wir waren die einzigen aus Duisburg. Außerdem gab es noch einen Bayern, den Ersten Steuermann Josef Preitenwieser, und zwei Hamburger, den Fiedje und den Zweiten Steuermann Hein Frenzel. Hein war ein interessanter Typ. Er arbeitete meistens zwei Jahre und trampte dann als Rucksacktourist durch die Welt. Wenn er kein Geld mehr hatte, kam er wieder nach Köln. Da er ein qualifizierter Mann war, der mehrere Sprachen sprach, stellte ihn die KD sofort wieder als Zweiten Steuermann ein. Einmal hatte er ein Jahr in Japan gelebt. Als sein Geld aufgebraucht war und er keine Arbeit bekommen konnte, haben die japanischen Behörden ihn an das deutsche Konsulat übergeben. Die organisierten seine Heimfahrt. Auf seinen Wunsch hin fuhr er mit der Fähre von Japan ins russische Wladiwostok und von dort aus mit der transsibirischen Eisenbahn über Moskau und Berlin nach Hamburg.

Echte Kölner gab es nur ganz wenige. Einige wohnten wohl in Köln, stammten aber aus Flüchtlingsfamilien aus dem Osten. Ausländer hatten wir damals noch keine. Kurz vor Ostern war Saisonbeginn, dann sollten die meisten Schiffe fahren. Alle waren gespannt, denn jetzt kamen die Listen raus, wer auf welchem Schiff eingesetzt würde. Ich wurde Teil der Besatzung des Raddampfers *Cecilie*. Kapitän war A. Boneck, Erster Steuermann K. Zöller, Zweiter Steuermann Rudolf

Wagner, Matrosen waren Horst Wazka, Hans-Jürgen Zydek und unser Schiffsjunge Ferdy Weis. Ferdy war »ne kölsche Jung«, der auch nur Kölsch sprach. Wir ahmten ihn nach und lernten so auch etwas Kölsch. Unser Zweiter Maschinist war auch Kölner. Ich habe seinen Namen vergessen, wir nannten ihn immer »dat Kapesblat«.

Endlich verließen wir den Hafen und verholten zum KD-Steiger auf dem Rhein an die Frankenwerft in Köln. Hier kam der Restaurateur mit seinen Kellnern und dem Küchenpersonal an Bord. Nach zwei Tagen Arbeit zogen wir am dritten Tag morgens unsere Uniformen an. Bald darauf strömten die ersten Fahrgäste an Bord. Wir standen an der Gangway und kontrollierten zusammen mit dem Inspektor die Fahrkarten der an Bord kommenden Leute. Pünktlich, fahrplanmäßig machten wir in Köln die Leinen los und schaufelten mit unserem historischen Raddampfer rheinaufwärts nach Rüdesheim.

Es war ein interessantes, aber auch anstrengendes Leben an Bord. Es entwickelte sich aber auch eine echte Kameradschaft. Wenn wir abends an irgendeiner schönen Stadt am Mittelrhein festmachten zum Übernachten, fing für uns die Arbeit erst an. Wir mussten auf dem Schiff fast jeden Abend Farbe waschen. Vor allen Dingen die zwei langen, durchgehenden Holzdecks wurden mit einer scharfen, heißen Lauge (P3) geschrubbt und anschließend abgespült. Als wir dann, meistens um 23 oder 24 Uhr, fertig waren, haben wir uns geduscht und fielen erschöpft in unsere Kojen. Am nächsten Morgen mussten wir oft schon um 5 Uhr aufstehen, Fenster putzen und alles zur Abfahrt vorbereiten. Ich hatte in der Frachtschifffahrt noch nie so hart gearbeitet. Während der etwa sechsmonatigen Saison hatten wir eine Siebentagewoche, in der wir viele Überstunden machten. Das war auch gut, denn endlich sprudelte mal wieder Geld in meine leere Kasse. Wenn ich etwas Zeit hatte, musste ich mich auch noch auf meine Rheinpatentprüfung vorbereiten, die am 3. August 1965 bei der WSD-Mainz stattfinden sollte.

Sommerurlaub in Böhmen

Jirina

Prag, Karlsbrücke und Hradschin

Prag, Lipno-See und »Cesky Krumlov« mit Jirina

Mein angemeldeter Urlaub im Juli mit Jirina an der Lipno-Talsperre rückte immer näher. Dann endlich war es so weit. Ich besorgte mir ein Visum für die CSSR, kaufte mir eine Fahrkarte am Bahnhof in Mainz und fuhr mit dem Zug nach Prag. Jirina hatte im Reisebüro Cedok in Ostrava alles für unseren Urlaub organisiert. Wir trafen uns in Prag und verbrachten drei Tage in einem kleinen Hotel am Wenzelplatz. Verliebt bummelten wir durch die wunderschöne Stadt an der Moldau, spazierten über die Karlsbrücke und besichtigten den Hradschin. Abends saßen wir im U Fleku, einem historischen Gasthaus, bekannt aus dem Roman »Der brave Soldat Schwejk«. Hier schien die Zeit stehengeblieben zu sein. Wir aßen böhmische Knödel, Sauerkraut und Schweinebraten, dazu tranken wir Budweiser Bier, köstlich! Die Musik spielte Blasmusik und von einem Gemälde an der Wand schaute Kaiser Franz Joseph auf uns herab. Eine tolle Atmosphäre! Es gab noch so viel zu sehen, aber die Zeit war zu kurz.

Am Morgen des vierten Tages stiegen wir in ein Bummelbähnchen mit harten Holzbänken, das von einer kleinen Dampflock gezogen wurde, und ratterten los. Der Zug stoppte an jeder noch so kleinen Ortschaft. Aber das war uns ganz egal, wir genossen die schöne Landschaft und waren glücklich. Endlich erreichten wir unsere Ferienanlage direkt am See in der Nähe von Lipno. Die Anlage bestand aus einem Hotel mit Restaurant, an dem ein Campingplatz und eine Ansammlung kleiner Holzhütten angeschlossen war. In einer dieser Hütten wohnten wir. Es war Hochsommer, wir hatten während unserer Ferien immer schönes Wetter. Wir verköstigten uns meistens selber, doch einmal am Tag gingen wir im Restaurant Knödel essen und tranken Bier (Pivo) dazu aus Bierkrügen. Am Tag badeten wir im See, gingen Boot oder Kanu fahren oder im Wald Beeren pflücken.

Der Lipno-See ist eine Talsperre der Moldau. Auf ihrem Weg durch Böhmen passiert die Moldau viele kleine Städte und Dörfer sowie Budweis und Prag, bevor sie bei Melnik in die Elbe mündet. In Smetana großartiger Symphonie »Die Moldau« aus dem Zyklus »Meine Heimat« kann man die Reise des Flusses von seiner Quelle bis zur Mündung in die Elbe in Gedanken nachempfinden.

Am Abend, wenn es schon dämmerte, hatte man beim Restaurant eine große Leinwand aufgebaut, auf der Filme gezeigt wurden. Dann kamen Leute herbei, in eine Decke gehüllt, einen Krug Bier in der Hand und schauten Filme. Es waren meistens Filme aus dem Osten, doch einmal spielten sie, sehr zur Freude der Zuschauer, den amerikanischen Western »Die glorreichen sieben«.

Ein andermal besuchten wir das schöne mittelalterliche Städtchen »Cesky Krumlov«. Abends wollten wir auf einer Freilichtbühne das Ballett »Schwanensee« schauen, doch es fing leider an zu regnen. So verging unsere schöne Urlaubszeit wie im Flug. Es kam der Tag, an dem wir wieder ins Bummelbähnchen stiegen und nach Prag fuhren. Wir hatten einen wunderschönen Urlaub. In Prag verabschiedeten wir uns mit dem Versprechen auf ein baldiges Wiedersehen. Jirina fuhr mit den Schnellzug »Ostravan« nach Hause und ich mit dem D-Zug Richtung Paris, den ich dann in Mainz verließ.

Wieder zurück auf der »Cecilie«

In Mainz ging ich wieder an Bord meines Schiffes *Cecilie*. Dort wurde ich sehnsüchtig erwartet, denn die Reederei hat keinen Ersatzmann geschickt und meine Kollegen hatten durch mein Fehlen mehr Arbeit gehabt. Ich musste ihnen jedoch von meinen Urlaub hinter dem »Eisernen Vorhang« erzählen. Mein Kollege Horst war noch 1942 im Sudetenland geboren worden. Seine Eltern lebten nicht mehr und so wurde er mit seiner Oma 1945 nach Deutschland ausgewiesen.

Rheinschifferpatentprüfung bestanden

Wir fuhren mit der *Cecilie* unseren Fahrplan auf der Strecke zwischen Mainz und Köln. In jeder freien Minute lernte ich für meine Patentprüfung. Mit Hilfe meines Rheinatlasses lernte ich die Strecke auf dem Rhein zwischen der Spykschen- Fähre an der holländischen Grenze und Mannheim mit all ihren Untiefen, Städten, Brücken, km etc. auswendig. Gar nicht so einfach.

Dann kam der 3. August 1965, der Tag meiner Prüfung. Ich hatte für den Tag von meiner Reederei einen bezahlten freien Tag bekommen. Pünktlich um 9 Uhr meldete ich mich beim Wasser- und Schifffahrtsamt bei der Prüfstelle in Mainz. Wir waren 16 Personen, die zur Prüfung erschienen waren. Die Prüfungskommission bestand aus drei Prüfern. Geprüft wurden Streckenkunde, Polizeiverordnung und Maschine. Es ging in alphabetischer Reihenfolge und so ergab es sich, dass ich der Letzte war. Ich wartete also, war nervös, und musste die Nervosität meiner Kollegen ertragen, die rauchend im Zimmer auf und ab gingen. Einer blieb öfter bei mir stehen und meinte: »Frag mich mal was!« Ich sagte ihm dann einige Male: »Hau bloß ab, ich muss mich auf mich selber konzentrieren.« Es wurden immer zwei Personen reingelassen, die bei der Prüfung abwechselnd befragt wurden. Es wurden weniger und weniger. Zwei Kandidaten waren durchgefallen. Endlich, so gegen 16 Uhr, wurde ich gemeinsam mit einem Kollegen aufgerufen. Wir betraten das Zimmer, setzten uns auf die uns von der Prüfungskommission zugewiesenen Stühle. Zuerst wurden wir gefragt, wo und auf welchen Schiffen wir gefahren waren. Als ich ihnen erzählte, dass ich auch auf der *Rhenus 142* bei Paul Siebert gefahren war, hatten sie schon mal eine gute Meinung über meine Ausbildung. Einer der Prüfer kam aus Kaub und kannte die Schifferfamilie Siebert. Die Prüfung fing an mit der Frage: »Herr Zydek, Sie sind Schiffsführer auf einem Motorschiff, kommen aus dem Wesel-Dattel-Kanal und wollen zu Berg nach Mannheim, welche Schallsignale geben Sie bei der Ausfahrt und wo fahren Sie weiter zu Berg?«

Ich zögerte einen Moment und schluckte und schon sprach der Prüfer ungeduldig: »Nur zu, fahren Sie nun endlich los!«

Und ich fuhr los, hatte keine Probleme, denn ich kannte alle Schallzeichen, das Fahrwasser und alle Übergänge, die ich auf den Schleppmotorschiffen *Gaia* und *Rhenus 142* gelernt hatte. Der Prüfer nickte zufrieden und bald darauf musste mein Kollege weiterfahren. So ging das bis Mannheim. Dann wurden wir in Polizeiverordnung und Maschine geprüft. Die Prüfung war nach etwa einer Stunde beendet. Danach wurden wir zur bestandenen Prüfung von den Prüfern beglückwünscht. Man schüttelte uns die Hand und sagte: »Allzeit gute Fahrt und immer eine Handbreit Wasser unterm Kiel.«

Im Nebenzimmer wartete die Sekretärin vom WSA-Mainz, Frau Simon, auf uns. Sie hatte die Patente schon vorbereitet, wir brauchten nur noch zu unterschreiben und die Gebühren zu bezahlen. Mit unseren druckfrischen Patenten verließen wir das WSA, gingen in die nächste Kneipe und schluckten erst mal zwei Biere. Ich hatte jetzt ein Patent von Mannheim bis Spyk an der holländischen Grenze. Später wurde das Patent verlängert: von Mannheim nach Basel und für den holländischen Teil von Spyk »bis ins offene Meer«. Somit war ich befugt, als Schiffsführer alle Schiffsgrößen auf dem gesamten Rhein zu führen. Das Rheinpatent ist gleichgestellt mit einem Meisterbrief an Land.

Auf der *Cecilie* haben mir meine Kollegen gratuliert und abends wurde ein wenig gefeiert. Am nächsten Tag schickte ich eine Kopie von meinem Patent zur Personalabteilung nach Köln. Auch schickte ich voller Stolz eine Ansichtskarte, die auch Pa Kreuze lesen sollte, über meine bestandene Patentprüfung an meine Mutter nach Neuburg.

Mein Leben auf der *Cecilie* ging weiter. Ich war jetzt ein Matrose mit Patent und bekam einen Patentzuschlag vom 80 DM. Das war natürlich nicht viel, aber besser als gar nichts. Außerdem plante die

Personalabteilung, mich in der nächsten Saison als Matrosen auf einem Kabinenschiff oder als Zweiten Steuermann auf einem Tagesschiff einzusetzen. Die Saison auf der *Cecilie* dauerte noch bis Anfang November. Im Hafen blieb ich den ganzen November und verrichtete Decksarbeiten an Bord der Schiffe. Danach bekam ich erst bezahlten und anschließend auf meinen Wunsch noch unbezahlten Urlaub. Ich müsste nur Anfang April zum Saisonbeginn wieder zurück sein, sagte man mir in Köln.

Ich wollte in der Zeit mal wieder ein paar Monate zur See fahren, aber nicht mehr als Leichtmatrose mit kleiner Heuer, sondern als Matrose mit Matrosenheuer. Ich erkundigte mich bei der Seemannsschule in Travemünde. Zur Matrosenprüfung würde man nur nach einer Fahrtzeit von 12 Monaten als Leichtmatrose zugelassen, sagte man mir. Daraufhin stellte ich einen Antrag auf eine Ausnahmegenehmigung beim Bundesverkehrsministerium-See in Hamburg. Meine sieben Monaten Fahrtzeit als Leichtmatrose in der Seefahrt, die lange Fahrtzeit in der Rheinschifffahrt und mein Rheinpatent genügten nicht. Ich musste noch einen Vorbereitungskurs an der Seemannsschule in Lübeck-Travemünde machen, erst dann würde ich zur Matrosenprüfung zugelassen, endschied das Bundesverkehrsministerium-See in Hamburg. Der Vorbereitungskurs würde Anfang Februar beginnen, drei Wochen dauern und 800 DM Kosten. Ich musste also erst mal Zeit und Geld investieren, um eine bessere Heuer zu bekommen und um später an einer Seefahrtschule für ein nautisches Patent zugelassen zu werden. Also ohne Matrosenbrief kein Kapitänspatent. Da ich mal wieder Urlaub bei meiner Freundin Jirina in Ostrava gemacht hatte, waren meine Finanzen so ziemlich aufgebraucht. Doch es lohnt sich, sagte ich mir, und meldete mich für den Lehrgang Anfang Februar 1966 an. Ich musste eben sparsam sein.

Auf nach Travemünde zur Seemannsschule

Eines Tages stieg ich in den Zug, der mich nach Travemünde brachte, um am Vorbereitungslehrgang zur Matrosenprüfung teilzunehmen. Die Seemannsschule befand sich auf dem Priwall, einer Halbinsel, deren Landweg über die Grenze zur damaligen DDR verlief. Man konnte sie deshalb von Travemünde aus nur mit einer Fähre über die Trave erreichen.

Am Kai der Seemannsschule lag ein außer Dienst gestelltes Segelschiff, die Viermastbark *Passat*, die vor einiger Zeit noch als Frachtensegler den seemännischen Nachwuchs ausbildete. Als das Schwesterschiff *Pamir* in einem schweren Sturm unterging, hatte man die *Passat* außer Dienst gestellt. Noch vor sechs Monaten hatten die Schüler der Seemannsschule an Bord der *Passat* gewohnt, doch jetzt waren schon alle in die besseren Unterkünfte an Land umgezogen. Die Schiffe gehörten vor dem Krieg der Reederei Laeisz, die eine ganze Flotte schneller Segelschiffe, die berühmten »Flying P-Liner«, besaßen. Bei günstigem Wind segelten die Schiffe in 58 Tagen von Cap Lizard (England) um Kap Hoorn nach Valparaiso in Chile. Alle Schiffsnamen der Reedereischiffe begannen mit »P«. Das größte Schiff war das Fünfmastvollschiff *Preußen*. Die meisten Schiffe wurden bei der Werft Blom &Voss in Hamburg oder bei der Spezialwerft für Segelschiffe, Joh. G. Tecklenborg, in Geestemünde gebaut.

Als ich am späten Nachmittag in Travemünde ankam, setzte ich mit der Trave-Fähre zum Priwall über. Bald darauf meldete ich mich in der Seemannsschule. Ich wurde in einem 4-Kojen-Zimmer untergebracht, das ich mit drei anderen Leichtmatrosen teilen musste. Meine Kameraden waren bereits einige Jahre in der Großen Fahrt als Schiffsjunge, Jungmann und Leichtmatrose gefahren. Sie hatten eine bessere Ausbildung in der Seefahrt als ich mit meinen sieben Monaten Fahrtzeit auf den Kümo *Mosel* in der Kleinen Fahrt. Doch ich war ja gekommen, um in der kurzen Zeit für die Matrosenprüfung zu lernen. Einer meiner neuen Kameraden kam aus Köln. Er wollte nach bestandener Prüfung zur Wasserschutzpolizei auf dem Rhein gehen.

An einem Sonntag haben wir mit viel Interesse gemeinsam die *Passat* besichtigt. Für mich war das alles ziemlich neu und schwierig auf der Schule. Ich musste noch vieles in der kurzen Zeit lernen.

Prüfung Rettungsbootschein

Zuerst machten wir den Rettungsbootschein. Wir lernten auf Kommando das Rettungsboot zu rudern und zu steuern. Dann sind wir von vier Metern Höhe in einem fallbaren Rettungsboot ins Wasser gestürzt. Weiter mussten wir in einen wasserdichten, isolierten Überlebensanzug schlüpfen, in das kalte Wasser der Pötenitzer Wiek steigen und zu einer Rettungsinsel schwimmen, die dort vor Anker lag. Das Wasser war eiskalt, aber es machte uns nichts aus, denn die Überlebensanzüge waren wirklich gut isoliert. Ein andermal waren wir in einem Hallenbad, dort mussten wir im Wasser, neben anderen Übungen, eine gekenterte aufblasbare Rettungsinsel wieder aufrichten. So wurden wir für den Ernstfall vorbereitet. Nach der bestandenen Prüfung bekam ich den Rettungsbootschein.

Prüfung Feuerschutzmann

Danach übten wir für den Feuerschutz. Auf dem Gelände hatte man von einem alten Schiff die Aufbauten aufgestellt. In einer der Kajüten wurde Feuer gelegt. Mit zwei Mann, geschützt durch Brandschutzkleidung und einen Raucherhelm, gingen wir mit Wasserschlauch oder Feuerlöscher in das Innere der Kabine, um das Feuer zu löschen. Auch mit dem Sauerstoffgerät wurde Brandbekämpfung geübt. Wir trugen eine Maske, die an einer Sauerstoffflasche angeschlossen war, bis der

Alarm ging und die Flasche leer war. Nachdem wir alle vorgeschriebenen Übungen zur Zufriedenheit des Prüfers durchgeführt hatten, bekamen wir den Befähigungsnachweis zum Feuerschutzmann. Der Rettungsbootsschein und der Feuerschutzschein waren die Voraussetzung für den Matrosenbrief.

Prüfung Matrosenbrief

Jetzt erst wurden wir auf die Matrosenprüfung vorbereitet. Wir lernten und übten alles zur Prüfung Notwendige in der verbliebenen Zeit. Dann endlich kam der Tag der schwierigen und umfangreichen Prüfung. Ich war nervös, aber auch gut vorbereitet. In vielen Fächern wurde sowohl mündlich als auch schriftlich geprüft. Meine letzte Prüfungsaufgabe war, einen »Palstek« (wichtiger Seemannsknoten) in die »Manilatrosse« (dickes Seil aus Hanf zum Festmachen großer Schiffe) zu legen. Ich schaffte es ohne Schwierigkeiten. Damit hatte ich die Prüfung bestanden. Ich war sehr froh und glücklich, dass ich die Schule endlich erfolgreich beenden konnte.

Nach Vorlage meines Prüfungszeugnisses bekam ich am anderen Morgen auf dem Seemannsamt in Lübeck den Matrosenbrief ausgehändigt. Jetzt hatte ich die Voraussetzungen geschaffen, nach 12 Monaten Fahrtzeit als Matrose an einer Seefahrtschule für ein nautisches Patent zugelassen zu werden.

Nachdem ich nun den Matrosenbrief in der Tasche hatte, tauchte ein neues Problem auf. Ich musste schnell auf einem Schiff anheuern, denn mein Geld war nahezu aufgebraucht. Ich fuhr mit dem Zug nach Hamburg. Im Seemannsheim bekam ich eine Koje in einem Schlafsaal, in dem ein halbes Dutzend Seeleute untergebracht waren. Für die zwei Übernachtungen ohne Frühstück musste ich 18 DM bezahlen. Schnell verstaute ich meinen kleinen Koffer und meine Tasche in den Spind. Danach machte ich mich auf den Weg, um mich bei den ansässigen Reedereien zu bewerben. Nach einigen Absagen konnte ich bei der Reederei Woermann auf einem Schiff in der Afrikafahrt anmustern. Das Schiff würde jedoch erst nach drei Monaten wieder Hamburg anlaufen. Das gefiel mir nicht, denn ich wollte Ostern rechtzeitig zum Saisonanfang in Köln sein. Ich sollte auf dem neuen Kabinenschiff *France* als Matrose fahren oder als Zweiter Steuermann auf einem Schiff in der Tagesfahrt eingesetzt werden.

Als Seemann auf Großer Fahrt

Matrose auf der Portunus

Erfolgreiche Bewerbung bei der Reederei Laeisz

Es war Samstag, 11:30 Uhr, als ich auf der Personalabteilung der Reederei Laeisz erschien. Die hatten Interesse und wollten mich, den Matrosen mit dem druckfrischen Matrosenbrief, anmustern. Ich sollte bei der *Portunus,* einem Kühlschiff, das Bananen von Guayaquil in Ecuador nach Hamburg transportierte, einsteigen. Die Fahrtzeit einer Reise Hamburg–Guayaquil–Hamburg würde etwa sechs Wochen dauern. Das passte. Das Schiff befand sich jedoch noch auf See. Da die Kasse schon geschlossen hatte, konnte man mir keinen Vorschuss mehr auszahlen – das wäre erst wieder am Montag möglich. Danach würde ich, auf Reedereikosten, weiter im Seemannsheim bleiben, um auf das Einlaufen meines Schiffes zu warten.

Jetzt jedoch musste ich erst mal mit 4 DM das Wochenende überleben. Ich kaufte mir eine große Tüte Erdnüsse, die sind nahrhaft und sättigend, dachte ich mir. Als ich auf dem Zimmer so meine Nüsse knabberte, wurde einer meiner Mitbewohner wach. Der »geierte« gierig mal auf mich, dann wieder auf meine Erdnüsse. Er hatte Hunger und wollte von meiner kargen Mahlzeit etwas abbekommen. Er setzte sich zu mir an den Tisch und bettelte weiter. Daraufhin schüttete ich die Nüsse auf einen großen Teller, zählte 15 Nüsse ab, gab sie ihm und sagte: »Mehr kann ich dir nicht geben, ich muss morgen auch noch was zu essen haben.« Er verschlang die Nüsse und ging weiterschlafen. Danach ging ich in Hamburg spazieren – an der Alster, auf den Landungsbrücken und schließlich landete ich auf der Reeperbahn. Vorbei am Hansatheater, der Davidwache, lief durch die Herbertstraße und schlenderte die »Große Freiheit« rauf und runter. Aus den Bars und den Seemannskneipen erklang Musik. Hans Albers war überall gegenwärtig. Einige Mädchen der käuflichen Liebe sprachen mich an, doch als sie merkten, dass ich kein Geld hatte, ließen sie mich in Ruhe. Nicht mal ein Bier konnte ich trinken, und so ging ich zurück ins Seemannsheim, um zu schlafen. Am nächsten Tag gabs zum Frühstück ein paar Erdnüsse, mittags aß ich eine große Bratwurst und zwei trockene Brötchen und abends gabs wieder Erdnüsse. So überlebte ich das Wochenende. Aber ich blickte optimistisch in die Zukunft, hatte ich doch meinen Matrosenbrief in der Tasche, und das bisschen Hungern war ja auch nur vorübergehend. Am Montag würde ich ja den versprochenen Vorschuss bekommen. Ich freute mich und war stolz darauf, bei der traditionsreichen Reederei Laeisz zu fahren. Das war die berühmte Segelschiffreederei, die vor dem Krieg mit ihren Frachtseglern *Pamir*, *Passat*, *Preußen*, *Padua* und noch viele anderen Seglern in Rekordzeit um Kap Horn zwischen Valparaiso und Hamburg segelten. Endlich war es Montag. Ich ging zur Reederei und bekam meinen Vorschuss. Es fühlte sich gut an, mal wieder etwas Geld in der Tasche zu haben. Zuerst ging ich ausgiebig essen. Weitere Mahlzeiten und zwei Übernachtungen im Seemannsheim wurden von der Reederei bezahlt.

Anmusterung in Rotterdam

Für Mittwoch hatte die Reederei ein Zugabteil im Zug Hamburg–Rotterdam reserviert. Ich und vier weitere Seeleute sollten in Rotterdam an Bord der *Portunus* gehen. Am Mittwochmorgen stiegen wir in Hamburg-Altona in den Zug, der uns nach Rotterdam bringen sollte. In Rotterdam brachte uns der Agent an Bord der *Portunus*. Es hatte auf See Schwierigkeiten mit der Besatzung gegeben, erzählte man mir. Drei Männern wurde wegen Trunkenheit und aggressiven Verhaltens gegenüber ihren Vorgesetzten fristlos gekündigt. – Auf See hatten sie kräftig gefeiert und waren betrunken. Als alles Bier ausgetrunken war, gab ihnen der Chief-Ingenieur kein Bier mehr. Daraufhin bewaffneten sie sich mit Macheten, Pfeil und Bogen und besuchten ihren Chief-Ingenieur in seiner Kabine. Der war selber betrunken und wollte kein Bier mehr rausrücken. Seine Leute vom Maschinenpersonal diskutierten und palaverten noch eine Zeitlang mit ihm. Dem Chief wurde es inzwischen zu bunt, er stand auf und wollte die Besoffenen aus dem Zimmer drängen. Es kam zu einem Gerangel. Der Größte von ihnen, ein baumlanger Berliner mit einem großen Mundwerk, schlug dem Chief eine Bierflasche über den Kopf. Der sackte zu Boden. Schnell verbreitete sich die Kunde von dem Vorfall auf dem Schiff. Schließlich wurden die Randalierer vom Zweiten Offizier, begleitet von ein paar handfesten Matrosen, überwältigt. So wurden sie fristlos gekündigt und mussten in Rotterdam das Schiff verlassen. – Man wollte sie eigentlich wegen Meuterei anklagen, doch der lange Kerl aus Berlin behauptete, der Chief hätte ihn zuerst angegriffen, was von seinen beiden Kameraden bestätigt wurde. Also konnte man nichts gegen ihn unternehmen. Ich war dabei, als der Zweite Offizier ihm sein Zeugnis überreichte. Der Berliner lächelte nur, zerriss das Zeugnis, knallte es dem Offizier auf den Tisch und sagte: »Das kannst du dir in die Haare schmieren!«

Das waren meine ersten Eindrücke an Bord. Außer unseren beiden Spaniern, Fischersleute aus Galizien, waren wir eine deutsche Besatzung mit einem Anteil von etwa 40 % aus Norddeutschland, dann einigen aus NRW, aus der DDR (Mauerspringer), und ein Teil war südlich des Weißwurstäquators (Main) zu Hause. Unsere beiden Zimmerleute z. B. kamen aus Bayern. Sie seien früher Herrgottsschnitzer auf der Kathreiner Alm gewesen, witzelte man gerne. Doch die beiden waren o. k., sie fuhren schon lange zur See und sprachen ein zünftiges Plattdütsch. Ein Ding gefiel mir gar nicht, ich wohnte zusammen mit einem Kollegen in einer Zweibettkabine. Die große Messe war geteilt, auf der einen Seite saßen an einem großen Tisch die Decksbesatzung

103

und auf der anderen Seite die aus der Maschine. Decks- und Maschinenbesatzung harmonierten ganz selten, es gab meistens Spannungen und Streit. An einem geeigneten Platz in der Messe hing ein großer Tross Bananen. Jeder konnte sich nehmen, so viel er wollte. Unser Bootsmann saß an der Kopfseite unseres Tisches, er war ein schmaler, nicht allzu großer Mann mit einem langen rotblonden Bart. Es wurde über ihn gewitzelt, er hätte ein Kreuz wie ein Hering zwischen den Augen. Er hatte es manchmal schwer, sich gegen einige körperlich stärkere Matrosen durchzusetzen. Zu Hause war er an der Elbe im »Alten Land«.

Wir blieben die Nacht über in Rotterdam und ich hatte eine Kiste Bier als Einstand spendiert. Alle meine neuen Kameraden kamen von der »Großen Fahrt«, sie verachteten die »Kümofahrt«. Es gab einen, der das Buch »Kümo-Willi« gelesen hatte, und schon wurde ich mit großen Hallo Willi getauft. Keiner sagte mehr Jürgen zu mir. Aber daran habe ich mich während meiner Zeit auf der *Portunus* gewöhnt. Auch später beim Landgang, wenn ich gefragt wurde, habe ich mich immer mit Willi vorgestellt.

Am nächsten Morgen wurden wir vom Bootsmann auf Spanisch geweckt. »Arriba, arriba, Marineros, trabajo, trabajo!« – das war die populäre Sprache der Matrosen an Bord, die sie von ihren Mädchen in Guayaquil gelernt hatten. Es wurde noch ein Rest Ladung gelöscht. Dann machten wir das Schiff seeklar. Nun hieß es »Leinen los!« und wir steuerten mit Lotsenberatung nach See. Der nächste Hafen hieß Harwich in England. Hier luden wir den ganzen Tag Autos für New York. Am späten Abend verließen wir Harwich und steuerten bei mäßig hoher See im Englischen Kanal westwärts. Am nächsten Nachmittag hatten wir Lands-End-Leuchtfeuer, den letzten Zipfel Englands, querab.

Winter auf dem Nordatlantik, »Destination« New York

Der Atlantik empfing uns mit einer hohen See. Der Wind blies in einer Stärke von 6–7 aus NW. Das Schiff stampfte und schlingerte in der hohen See, Wasser kam über Deck und Luke. Es war Februar, wir hatten das typische Winterwetter im Nordatlantik. Schlechte Sicht, Regen und Schneeschauer lösten sich ab. Doch unser Schiff folgte unbeirrt dem Kompasskurs nach Westen, unserem Zielhafen New York entgegen. Zum Teufel noch mal, ich ärgerte mich, denn ich wurde tatsächlich wieder seekrank! Es war nicht so schlimm, aber immerhin wars lästig.

Vierzehn Tage schaukelten wir über den stürmischen Atlantik, bis wir endlich die amerikanische Küste erreichten. Bei der New Yorker Ansteuerungstonne kam der Lotse an Bord. Mit Lotsenberatung fuhren wir vorbei an Long Island, den Hudson River aufwärts, passierten die Freiheitsstatue und ankerten auf der Reede von Newark. Einklariert wurden wir erst am nächsten Tag und somit konnte keiner an Land. Wir saßen gemeinsam an Deck, bewunderten die Skyline der Wolkenkratzer und beobachteten den regen Schiffsverkehr auf dem Hudson River. Am nächsten Morgen verholten wir an die Löschpier. Bald darauf wurden wir einklariert, bekamen einen Landgangsausweis, doch an Land gehen konnten wir trotzdem nicht, denn wir hatten viel Arbeit. Nach sechs Stunden war unsere Ladung gelöscht, wir machten seeklar und fuhren mit Lotsenberatung nach See.

Von der amerikanischen Ostküste über die karibische See zum Panamakanal

Schon bald darauf ging der Lotse von Bord und wir steuerten bei strahlend schönem Sonnenschein und ruhiger See entlang der amerikanischen Ostküste nach Süden. Ich ging mit dem Zweiten Offizier

Brückenwache. Meistens stand ich mit dem Fernglas in der Brückennock und hielt Ausschau nach anderen Schiffen und vor allem nach Fischkuttern, die manchmal unseren Weg kreuzten. Auf unserer Reise nach Süden wurde es immer wärmer. Des Nachts, unter sternenklarem Himmel, beobachtete ich, wie uns eine Schar Delfine begleitete und in der Bugwelle spielte. Am Tag sichtete ich Wale. Sofort meldete ich meine Beobachtung dem Zweiten Offizier: »Zwei Wale zwei Strich an Backbord voraus!« Wir schauten beide durch das Fernglas und beobachteten die Wale, die regungslos im Wasser lagen und sich sonnten. Manchmal pusteten sie eine kleine Fontäne Wasser in die Luft. Sie ließen sich nicht stören, als wir mit einigem Abstand an ihnen vorbeifuhren.

Nach einigen Tagen sichteten wir die mit Palmen bewachsenen Inseln der Bahamas. Wir tauchten ein in die exotische lateinamerikanische Welt, vorbei an Kuba, Haiti und Jamaika, und erreichten bald darauf die karibische See. Ein warmer Wind, Stärke 6, blies uns entgegen. Unser Schiff stampfte gegen die vorderliche, raue See. Wasser spritzte über Bug und Luke. Ich war wieder mal als Ausguck auf der Brücke und suchte mit dem Fernglas den Horizont ab. Dabei machte ich eine interessante Beobachtung: Fliegende Fische segelten mehr, als dass sie flogen, von einem Wellenkamm über das Wellental zum nächsten Wellenkamm. Während der Nacht hatten sich einige verflogen und waren bei uns an Deck gelandet. So hatte ich Gelegenheit, die Fische genauer zu untersuchen. Sie waren 10–20 cm lang und hatten durchsichtige, libellenartige Flügel. Alle waren bereits tot und so warfen wir sie zurück ins Meer.

Das Wetter hatte sich beruhigt und der Bootsmann teilte uns zum Rostklopfen und Malen ein. Wir hatten unser Kofferradio eingeschaltet, Radio Havanna, »Cuba Libre« (freies Kuba), sendete lateinamerikanische Musik. Wir tanzten und arbeiteten wie die Wilden mit entblößtem Oberkörper. Mit unseren Rosthämmern schlugen wir den Takt zur Musik. Ein Lärm, den man, sehr zum Ärger des Kapitäns, auf dem ganzen Schiff hören konnte. Aber die Arbeit war ja auch notwendig und wichtig.

Durch den Panamakanal vom Atlantik in den Pazifik

Nach ein paar Tagen erreichten wir Cristóbal, die Einfahrt zum Panamakanal. Hier bekamen wir einen Lotsen, der uns zur Gatun-Schleuse, der ersten Schleuse im Panamakanal, lotste. Mit eigener Kraft durften wir nicht in die Schleuse einfahren, sondern wurden von einer Elektrolock hineingezogen. Nach der Schleuse durchfuhren wir einen großen Süßwassersee, den Gatun-See. Die Ufer des Sees waren von tropischem Dschungel bewachsen. Im Kanal hatte ich Brückenwache und habe zwei Stunden nach Anweisung des Lotsen das Schiff im Kanal gesteuert. Ein tolles Gefühl! Es durften nur Vollgrade, also Matrosen, ans Steuer. Auf einem großen Dampfer nach Anweisung Manöver zu fahren, das war neu für mich. Ich hatte jedoch eine Zeitlang zugesehen, wie mein erfahrener Kollege, den ich gerade ablöste, nach Anweisung steuerte. Es war eigentlich ganz einfach: Der Lotse gibt die Kommandos, die der breitbeinig am Ruder stehende Matrose mit einer tiefen, deutlichen Stimme wiederholt. Danach wird das Ruder in die befohlene Position gebracht. Alle Kommandos waren auf Englisch, etwas ungewöhnlich für mich, den »Kümo-Willi«. Weder der Lotse noch der wachhabende Offizier hatten gemerkt, dass ich das zum ersten Mal machte, alles war o.k. Eine wichtige Erfahrung für mich und gut für mein »Ego«. Bald darauf passierten wir die Schleusen Pedro Miguel und Miraflores. Nachdem der Lotse uns in Balboa verlassen hatte, erreichten wir auf unserer Weiterfahrt den Pazifischen Ozean.

Der Panamakanal ist Hoheitsgebiet der USA, er ist 51 sm (82 km) lang, hat drei Schleusen und durchquert den Gatun-See. Schiffe mit einem Tiefgang von 12 m und einer Länge von 290 m dürfen den Kanal durchfahren. Wir brauchten neun Stunden für die Durchfahrt.

Entlang der südamerikanischen Küste nach Süden über den Äquator

Bei mäßig ablandigem, warmem Tropenwind steuerten wir an der kolumbianischen Pazifikküste nach Süden. Nach zwei Tagen Fahrt hatten wir die Küste Ecuadors erreicht. Bald schon überquerten wir den Nullmeridian, den Äquator, und befanden uns auf der südlichen Erdhalbkugel – für mich das erste Mal. Eigentlich hätte ich getauft werden müssen, keiner jedoch fragte mich, und so hielt ich lieber den Mund. Für die anderen wäre es bestimmt eine »Mordsgaudi« gewesen, mich als Einzigen zu taufen, aber das wollte ich mir freiwillig nicht antun. Neptun, der Gott der Meere, hatte bestimmt Verständnis für mein Verhalten. Wie oft hatte ich ihm, dem Meeresgott, wegen meiner Seekrankheit mein Essen geopfert. Das hatte ihn bestimmt milde gestimmt, hoffte ich, und so habe ich ungetauft die südliche Erdhalbkugel betreten. Nach einiger Zeit erreichten wir die Flussmündung des River Guaya , wo wir erst mal vor Anker gingen. Wir mussten warten, denn unsere Ladung Bananen war noch nicht komplett.

Bootsmanöver am Ankerplatz

Am späten Nachmittag ertönte der Alarm zum Bootsmanöver, das Morsezeichen einmal lang und dreimal kurz (= B). Die Rettungswesten wurden angelegt und alle rannten auf ihre Station. Die Rettungsboote wurden zu Wasser gelassen und wurden dann mal gerudert, mal mit dem Motor fortbewegt. Das ganze Manöver dauerte etwa zwei Stunden. Der Bootsmann ließ jetzt schon alles für den morgigen Tag vorbereiten. Unser schönes weißes Schiff hatte einige Roststellen, die sollten rostfrei bearbeitet werden und anschließend sollte das ganze Schiff von der Stellage aus mit weißer Farbe angestrichen werden. Am nächsten Morgen ging es mit »all hands« auf die Stellagen zum Malen. Ich saß auch außenbords auf einer Stellage, tauchte meine Rolle in den weißen Farbtopf und strich das

Schiff an. Immer wieder schaute ich fasziniert an der Bordwand entlang ins klare Wasser des Pazifiks. Die Bordwand unter Wasser war leicht mit Algen und kleinen Muscheln bewachsen. Viele bunte tropische Fische waren zu sehen, es war wunderschön. Auch hatten wir eine Haifischangel mit einem Stück Fleisch über Bord hängen. Der Hai, »Mr. Shark«, war jedoch nicht an unserem Köder interessiert. Am Abend hatten wir das Schiff komplett weiß angemalt. Bei Bier und spanischer Musik genossen wir unseren Feierabend. Alle erzählten von den heißen Nächten und den schönen Frauen in Guayaquil. Ich saß jedoch in meiner Kajüte, trank eine Bottle Bier und dachte an meine Freundin in Ostrava.

Mit Lotsenberatung auf dem Rio Guaya nach Guayaquil

Am nächsten Tag hievten wir unsern Anker, der Lotse kam an Bord, und wir fuhren mit Lotsenberatung den Rio Guaya stromaufwärts – vorbei an Bananenplantagen und kleinen Dörfern, die meistens aus strohbedeckten Hütten bestanden, nach Guayaquil. Dort gingen wir an einer geeigneten Stelle im Fluss vor Anker. Die großen Klappen in der Bordwand der *Portunus* wurden geöffnet. Unter den Klappen machten Pontons und kleine Bargen fest. Die Beamten von Zoll und Passkontrolle kamen an Bord. Als das Schiff einklariert war, stürmte ein buntes Volk von Händlern und Souvenirverkäufern das Schiff. Zuvor hatte der Kapitän uns über die Sprechanlage vor Diebstahl gewarnt. Es wurde angeordnet, dass keiner der Händler ins Schiffsinnere kommen durfte, alle sollten ihre Geschäfte draußen an Deck abwickeln. Einige jedoch betraten den Gang, der zu unseren Kabinen führte. Es waren aber gleich ein paar handfeste Matrosen zur Stelle, die keinen Spaß verstanden und die Eindringlinge wieder an Deck beförderten. Die Leute waren meist arme Indios, die mit etwas Handel, Schmuggel oder Diebstahl sich und ihre Familie ernähren mussten. Weil sie arm waren, meinten sie, dass sie das Recht hätten, uns zu bestehlen. Ich hatte Freiwache und machte mich fertig für den Landgang. Meine Uhr, Sonnenbrille und Manschettenknöpfe hatte ich bereits auf den Tisch gelegt. Ich schloss meine Kabine ab und ging duschen. Es war Heiß, deshalb stand mein Bullauge offen. Der Abstand von Bullauge zum Wasser betrug einige Meter, deshalb dachte ich, es gäbe keine Gefahr. Als ich jedoch vom Duschen zurückkam, waren meine Uhr und die anderen Sachen, die auf dem Tisch gelegen hatten, verschwunden. Der Dieb musste wohl durch das Bullauge in die Kabine geklettert sein, ein Meisterstück. Es war auf jeden Fall unangenehm für mich, ohne Uhr an Land zu gehen. Inzwischen kamen drei Polizisten an Bord, die für Ruhe und Ordnung sorgen sollten. Ich ließ mir vom Zahlmeister einen Vorschuss in US-Dollar auszahlen. Das war hier ein beliebtes Zahlungsmittel. Eigentlich mochten sie die »Gringos« (Amerikaner) nicht; sie liebten jedoch ihre Dollars.

Zusammen mit meinem Kollegen, dem Matrosen Franz, ließ ich mich von einer Barkasse an Land bringen. Wir besichtigten die Stadt und tranken »Cuba Libre« (Cola mit Rum) auf der Plaza. Wir, die »Marineros« aus Alemania, waren beliebt in Guayaquil. Alle meine Kollegen hatten eine Freundin. Die jungen Indiomädchen mit spanischem Einschlag waren auch wirklich schön und exotisch. Doch hier in den Tropen ging es den Frauen wie den Blumen – sie verblühten schnell. Viele Leute lebten in Armut und trotzdem wurde gesungen und gelacht. Ich beobachtete einige zahnlose alte Señoras, die vor ihrer Hütte saßen und Pfeife rauchten. Als wir sie grüßten, wurden wir freundlich zurückgegrüßt. Für wenig Geld fuhren wir mit der Barkasse zurück zum Schiff.

Eine heiße Nacht in Guayaquil

Nach dem Abendessen machten wir uns wieder fertig für den Landgang. In der Messe stand eine Kiste mit Kondomen, jeder konnte mitnehmen, so viel er wollte. Es war auch notwendig, denn die meisten

Freundinnen meiner Kollegen waren »leichte Mädchen«. Die Armut zwang sie zur Prostitution, um sich und ihre Familien am Leben zu halten. Und doch war es nicht nur Sex, meistens war auch Liebe mit im Spiel. Es war trotzdem ein gefährliches Vergnügen, mit ihnen ins Bett zu gehen, denn es bestand immer das Risiko, dass man sich dabei mit einer Krankheit ansteckte. Nach einem Gespräch, das ich mit dem Zweiten Offizier führte, stellte sich heraus, dass ich als einziger Matrose an Bord noch nie eine Geschlechtskrankheit gehabt hatte. Das sollte auch so bleiben, sagte ich mir. Ich ließ mich jedoch mit meinem neuen Freund Franz und den größten Teil der Besatzung von der Barkasse an Land übersetzen. Dort angekommen, folgte ich meinen Kameraden in ein großes Tanzlokal, wo eine Band lateinamerikanische Musik spielte. Als wir eintraten, wurden wir mit großem Hallo begrüßt. Aus der Zeitung wusste man bereits genau, wann unser Schiff, die *Portunus*, eingelaufen war. Die Mädchen begrüßten und küssten ihre Freunde, die endlich nach langer Seereise wieder in Guayaquil waren.

Ich wurde den Mädels als Matrose Willi vorgestellt, und es dauerte nicht lange, da hatten sie für mich auch ein schönes Indiomädchen organisiert. Die setzte sich ohne Scheu zu mir an den Tisch, gab mir die Hand und sagte, sie heiße Seula. Daraufhin stellte ich mich als Matrose Willi vor. Sie funkelte mich mit ihren schwarzen Augen an und sagte lachend: »O.k., Amigo Willi.« Wir saßen mit der gesamten Crew der *Portunus* und den dazugehörigen Mädels an einem langen gemeinsamen Tisch. Es wurde viel »Cuba Libre« (Cola-Rum) getrunken. Nach der heißen spanischen Musik tanzten wir mit unseren »Bräuten« nahezu bis zur Ekstase. Es herrschte eine tolle Stimmung. Ich habe zwar viel »Cuba Libre« getrunken, jedoch zwischendurch auch mal ein Brathähnchen gegessen. Deshalb war ich auch nicht so betrunken wie viele andere. Ich tanzte jedoch meistens wie verrückt mit der schönen Seula. Ein paarmal tanzte ich auch mit Nancy – sie war ein hochgewachsenes, geschmeidiges und schönes Mädchen. Ihr Vater war ein

Schwarzer aus Jamaika und die Mutter eine Indiofrau aus Guayaquil. Eine gelungene exotische Mischung mit Musik im Blut. Mir lief der Schweiß in Strömen am Körper runter. Wenn die Musik Pause machte, sangen wir Seemannslieder, oft auch »Caramba, Caracho, ein Whisky, Caramba, Caracho, ein Gin, verflucht, sacramento, Dolores und alles ist wieder hin« usw. Eine unvergessene Nacht.

Bald schon verabschiedete ich mich von Seula, denn ich musste mit der letzten Barkasse an Bord. Ich schaute sie aus betrunkenen, verschleierten Augen an. Caramba, ein Teufelsweib, dachte ich, denn ich war ja auch nur ein Mann. Schnell gab ich ihr einen Kuss und rannte zur Barkasse. Ich hatte auch keine andere Wahl, ich musste mit der letzten Barkasse um 2 Uhr an Bord, da ich um 6 Uhr zur Ladungswache eingeteilt war. So fuhr ich mit Franz, meinem neuen Freund, um 2 Uhr an Bord der *Portunus*. Die anderen Matrosen schliefen bei ihren Mädchen in Guayaquil, sie kamen erst am späten Vormittag zurück an Bord.

Eine Ladung Bananen für Hamburg

Nach kurzem Schlaf lief der Bootsmann durch unsere Kajüten und weckte uns, indem er rief: »Arriba, arriba, marineros, trabajo, trabajo!« Wir jumpten aus den Kojen und machten das Schiff ladeklar. Die Ladebäume wurden getoppt, die Luke komplett aufgefahren und die Ladeklappen in der Bordwand geöffnet. Viele kleine Schuten, vollbeladen mit Bananen, machten unter den Ladeklappen an der Bordwand fest. Dann begann das Laden. Die in Kartons verpackten Bananen wurden von kleinen, muskulösen Indios singend in das Schiff getragen. Zwei »Tallymänner« saßen konzentriert, mit unbewegten Mienen am Eingang und »tallyrten« (zählten) die Kartons mit den Bananen. Durch vier Eingangsklappen in der Bordwand wurden die Bananen in das Schiff getragen. Für das Laden und stauen an einem dieser Eingänge war ich verantwortlich.

Später in meiner Freiwache schaute ich dem bunten Treiben der Händler an Deck zu: Verkauft wurden Südfrüchte, außer Bananen, davon hing immer eine ganze Trosse in unserer Messe, Macheten, Pfeil und Bogen, Papageien, und einer hatte zwei kleine Affen zu verkaufen. Ein Affe saß im Käfig, den brauchte man nur anschauen, da fletschte der schon die Zähne. Der zweite saß bei dem Indio auf der Schulter und war zahm und zutraulich. Ein Mann vom Maschinenpersonal fand Gefallen an dem Affen und kaufte ihn.

Nach zwei Tagen war unser Schiff voll beladen mit Bananen für Hamburg. Wir machten seeklar, hievten den Anker und steuerten mit Lotsenberatung auf den River Guaya nach See. Adiós, Guayaquil!

Meine Kollegen Franz und Pedro

Inzwischen hatte ich auch Gelegenheit, die Besatzung besser kennenzulernen. Mein neuer Freund Franz z. B. hatte eine Mutter in Hamburg und einen Vater, der in Santiago de Chile wohnte. Er hatte seinen Vater schon oft besucht und war begeistert von Chile. Franz wollte in Hamburg die Seefahrtschule besuchen, um später als Kapitän zur See zu fahren. Er könne dann frei und unabhängig durch die Welt schippern, erzählte er, und mal bei Mama in Hamburg, mal bei Papa in Santiago seinen Urlaub verbringen.

»Chile ist ein schönes und reiches Land«, schwärmte Franz weiter, »es ist die Schweiz Südamerikas und zum größten Teil mit europäischen Einwanderern besiedelt. Die meisten sind spanischer Abstammung, doch es gibt auch viele Deutsche, Österreicher und Schweizer, die sich hier niedergelassen haben.« Sollte er mal eine Familie gründen, so würde er sich wohl für Santiago de Chile entscheiden, meinte er.

Der Hafen von Santiago de Chile, Valparaiso, war immer schon ein wichtiger Hafen für die deutsche Seefahrt. Vor und nach dem Ersten Weltkrieg segelten bereits Segelschiffe unserer Reederei Laeisz, die berühmten P-Liner, im Liniendienst zwischen Hamburg und Valparaiso. Der Panamakanal war noch nicht gebaut, und so mussten die Schiffe um das gefährliche Kap Hoorn segeln. Der große preußische Forscher Alexander von Humboldt erforschte und kartografierte – mit Erlaubnis des spanischen Königs – die damals spanischen Kolonien in Südamerika. Die Deutschen haben in Lateinamerika viel Gutes getan, was man hier nicht vergessen hat.

Unser spanischer Matrose Pedro fuhr früher, bevor er zur deutschen Seefahrt kam, auf einem Fischkutter an der galizischen Atlantikküste in Nordspanien zur See. Er hatte bereits eine lange Fahrtzeit auf deutschen Schiffen in der Großen Fahrt hinter sich. Auch er wollte nach Chile auswandern. Vorher wollte er in Deutschland die Seefahrtschule besuchen, um das Patent A3, Kapitän Kleine Fahrt, zu erwerben. Mit solch einem Patent hätte er gute Chancen, ein Fischereifahrzeug zu kaufen und dann darauf als Kapitän zu fahren. Auch die spanischstämmigen Fischerfamilien würden ihn dann gerne integrieren und auf dem spanischen Heiratsmarkt hätte er gute Chancen, meinte Pedro.

Exkurs: Das Schicksal der Besatzung von »SMS Dresden«

In den ersten Jahren des 1. Weltkriegs operierte das kaiserliche Kreuzergeschwader unter Admiral Graf Spee im Pazifischen Ozean längs der chilenischen Küste. Sie führten Handelskrieg und versenkten fleißig alliierte Schiffe. Die Engländer schickten daraufhin Kriegsschiffe, um die Deutschen auszuschalten. Bei Coronel kam es zur ersten Seeschlacht, in der die Engländer geschlagen wurden. England schickte daraufhin eine größere und viel stärkere Flotte nach Südamerika. Bei den Falklandinseln kam es zur zweiten großen Seeschlacht, in der die Deutschen von der Übermacht der Engländer vernichtend geschlagen wurden. Nur der Kleine Kreuzer *Dresden* entkam seinen Verfolgern.

Die Jagd auf die *Dresden* hatte begonnen, doch immer wieder konnte die *Dresden* entkommen, indem sie sich in den Fjorden der chilenischen Küste versteckte. Jedoch bald schon waren ihre Kohlenvorräte aufgebraucht, so das sie ihre Dampfkessel nicht mehr befeuern konnte. Nach einer Anfrage in Berlin war seine Majestät der Kaiser mit der Internierung der *Dresden* in Chile einverstanden. Daraufhin lief die *Dresden* in die Cumberland Bay ein und ging bei der Insel Mas a Tierra vor Anker. Der chilenische Hafenkapitän kam an Bord und die *Dresden* wurde nach internationalem Recht in Chile interniert. Nach einiger Zeit wurde sie jedoch von den beiden englischen Panzerkreuzern *Kent* und *Glasgow* entdeckt. Der chilenische Hafenkapitän fuhr mit seiner Dampfbarkasse, auf dem eine große chilenische Flagge gehisst war, den Engländern entgegen. Als die *Dresden* jedoch in Reichweite der englischen Kanonen war, eröffneten die beiden Panzerkreuzer unter Missachtung der chilenischen Hoheitsgewässer das Feuer auf die *Dresden*. Der Kleine Kreuzer *Dresden* hatte gegen die Übermacht keine Chance. Um unnötiges Blutvergießen zu vermeiden, gab der Kapitän der Besatzung den Befehl, das Schiff zu verlassen, und damit es nicht durch die Engländer erbeutet werden konnte, wurde es durch die eigene Besatzung versenkt. Die Besatzung stand in Reih und Glied an Land und brachte ein dreifaches »Hurra!« auf ihr Schiff und den Kaiser aus, während das Schiff langsam in den Fluten versank.

Am 24. März 1915 wurde die Besatzung der *Dresden* von Schiffen der chilenischen Marine auf die kleine Insel Quiriquina, nördlich der Bucht von Coronel, gebracht, wo sie bis zum Kriegsende interniert wurden. Dem Oberleutnant Canaris, der später Reichsabwehrchef im Dritten Reich wurde, gelang die Flucht über Argentinien nach Deutschland. Die chilenische Bevölkerung nahm regen Anteil am Schicksal der internierten deutschen Seeleute. Von einer kleinen chilenischen Wachmannschaft bewacht und unterstützt von den hier lebenden Auslanddeutschen, kultivierten die Seeleute das Land auf der Insel. Sie errichteten Gärten, Felder und eine Geflügelfarm. Nach dem

Krieg gingen einige der Dresden-Besatzung zurück nach Deutschland, andere jedoch bekamen Land, heirateten und wurden in Chile eingebürgert.

Chile ist reich an Kupfer und Gold. Außerdem hat das Land eine große Fischereiflotte. Der an der Küste aus der Antarktis kommende kalte Humboldtstrom ist sehr fischreich.

Bananen für Hamburg

»MS Portunus« auf der Heimreise von Guayaquil nach Hamburg

Nachdem wir die Mündung des Rio Guaya verlassen hatten, steuerten wir bei gutem Wetter, vollbeladen mit Bananen, entlang der Küste Equadors nach Norden. Wir passierten den Äquator und weiter ging unsere Reise an der kolumbianischen und panamaischen Küste bis zur Mündung des Panamakanals. Den Kanal passierten wir bei Nacht mit Lotsenberatung ohne besondere Vorkommnisse. In der Karibik steuerten wir mit Westkurs weiter vorbei an den Kleinen Antillen, den Inseln unter dem Wind, erreichten den Atlantik und nahmen Kurs auf die Azoren.

Gefährliche Decksarbeiten, die Wanten werden gelabsalbt

In Guayaquil hatten wir nicht nur Bananen geladen, sondern auch 12 Passagiere, alles ältere Leute, von denen die meisten Deutsche waren. Das war auch die nach internationalem Seemannsrecht maximal zugelassene Anzahl an Personen, die auf einem Schiff ohne Arzt mitfahren durften. Sie waren alle mittschiffs untergebracht und dinierten natürlich mit dem Kapitän und seinen Offizieren. Sie filmten und fotografierten uns gerne bei der Arbeit, nur das Achterdeck, auf dem wir wohnten, durften sie nicht betreten.

Jeden Morgen versammelte sich die Decksbesatzung am vorderen Kabelgat und der Bootsmann teilte die Arbeit ein. An diesem Morgen hatten wir schönes, warmes Wetter und nur eine leicht bewegte See. Die Wanten am achteren Mast sollten erst mit einer Drahtbürste rostfrei gebürstet werden und anschließend mit Spezialpaste angestrichen (gelabsalbt) werden (Wanten sind schwere Stahltrosse, die zwischen dem oberen Mast und dem Deck an beiden Seiten des Mastes gespannt sind; sie geben den Mast Stabilität).

»Wer ist schwindelfrei?«, fragte der Bootsmann in die Runde.

Ich rief: »Ich!«

Der Bootsmann schaute mich an. »Hast du das schon mal gemacht, Willi?«, fragte er mich. Ich antwortete mit »Nein, aber schwindelfrei bin ich«. Ich hatte mich gemeldet, um ihnen zu zeigen, dass aus dem Kümo-Willi ein Große-Fahrt-Willi geworden war.

Nach Anweisung des Bootsmanns kletterte ich mit einem Tampen (Endstück eines Taus) und einer Talje (Rolle/Flaschenzug) über eine Leiter in den Achtermast. Oben im Mast befestigte ich die Talje mit einem Palstek (Sicherheitsknoten). Dann scherte ich eine Leine durch die Talje und warf das untere Ende der Leine an Deck. Die Leine wurde an einem Bootsmannsstuhl befestigt, der durch einen Schäkel mit der Wand verbunden wurde. Jetzt setzte ich mich in den Bootsmannsstuhl, befestigte den Topf mit der Paste am Bootsmannsstuhl, nahm Drahtbürste und Pinsel in die Hand und gab meinen Kollegen unten an der Winde das Zeichen zum Hieven. Der hievte mich mit dem Bootsmannsstuhl bis nach oben in den Mast. Von dort bearbeitete ich die Want mit der Rostbürste und anschließend bestrich ich die Want mit der Paste. Wenn ein Stück fertig war, rief ich runter: »Etwas fieren!« In der leichten Dünung schaukelte ich mit dem Farbtopf und dem Bootsmannsstuhl leicht hin und her. Als ich dann so runter aufs Deck schaute, war es mir schon etwas mulmig. Unsere Passagiere schauten mir begeistert zu. Eine dicke Amerikanerin und ein Berliner Arzt filmten mich bei meiner gefährlichen Arbeit. Als ich dann am späten Nachmittag endlich fertig war, war ich heilfroh.

Einer der Passagiere, der Arzt aus Berlin, hatte an einem Kongress in Quito, der Hauptstadt von Ecuador, teilgenommen. Ich hatte ihn schon etwas kennengelernt, denn manchmal kam er nachts, wenn ich mit dem Zweiten Offizier Wache ging, für kurze Zeit auf die Brücke, um sich ein wenig mit uns zu unterhalten. Er erzählte, dass er, bevor er auf dem Kongress in Quito war, die zu Ecuador gehörenden Galapagosinseln besucht hatte. »Auf den Inseln leben einzigartige Tiere aus der Urzeit, die es nur dort noch gibt«, erzählte er voller Begeisterung. Ein unvergessenes Erlebnis für unseren Doktor. Er interessierte sich auch für die Hygiene an Bord und die schon verheilten Geschlechtskrankheiten unserer Matrosen.

Monky muss sterben

Wir hatten einen kleinen Affen an Bord, der gehörte dem Maschinisten Eduard. Anfangs hauste der Affe, den er »Monky« getauft hatte, oben auf seinem Kleiderschrank. Wenn Eduard jedoch nicht in der Kabine war, sondern im Maschinenraum arbeitete, verwüstete Monky die Kabine. Deshalb wurde im Kabelgat im Achterschiff ein Platz für den Affen hergerichtet. An einer langen Leine hauste er zwischen alten Trossen und fühlte sich wohl. Jeder, der vorbeikam, spielte mit ihm oder gab ihm ein »Leckerli«. In der Freiwache nahm Eduard seinen Affen wieder mit in seine Kabine. Die ganze Besatzung liebte den Monky.

Eines Tages jedoch betrat unserer Doktor das für ihn verbotene Achterdeck und entdeckte den Affen. Bei der nächsten Gelegenheit fragte er den Kapitän, ob der Affe auch geimpft sei und die für die Einreise in Deutschland nötigen Papiere hätte. Der Kapitän antwortete, er wüsste von keinem Affen. Doch der Arzt drohte, dass er das dem Hafenamt in Hamburg melden würde und dann das Schiff wohl für kurze Zeit in Quarantäne müsste. In der Zeit müsste ein Arzt vom Tropeninstitut kommen, den Affen untersuchen und ihn impfen, um ihm dann die nötigen Papiere ausstellen zu können.

Es war natürlich illegal, einen wilden Affen aus den Tropen ohne ärztliche Untersuchung nach Deutschland einzuführen. Alle zusammen berieten wir mit dem Kapitän, was wir wohl machen sollten. Das Schiff in Quarantäne wäre ein großer Aufwand gewesen und hätte viel Geld gekostet. Wir wollten uns alle finanziell beteiligen, aber es war einfach zu viel. Der Kapitän sagte: »Die einzige Lösung ist, auch wenn es barbarisch ist: Der Affe muss weg!« Den Affen betäuben und ihn dann über Bord werfen, ist die einzige Möglichkeit, meinte er. Eduard schaute entsetzt drein, auch jeder Einzelne von uns fand das abscheulich. »In Hamburg muss der Affe verschwunden sein«, sagte der Kapitän schließlich und verließ das Achterschiff.

Es war klar, Eduard hätte den Affen nicht mitnehmen dürfen. Er wollte in Hamburg abmustern und den Affen mit nach Hause nehmen. Das Tier machte wohl einen gesunden und vitalen Eindruck, aber es war schon unverantwortlich, ein kleines wildes Tier aus den Tropen mit nach Deutschland zu nehmen. Trotzdem ärgerten wir uns über den Doktor: »Warum haben wir diesen ›Quacksalber‹ bloß auf unser Achterschiff gelassen?«

Weil wir nach langen Beratungen und Diskussionen keinen anderen Ausweg fanden, musste der unschuldige Affe Monky, der Liebling der Besatzung, sterben. Unser Schiff befand sich zu der Zeit auf Heimatkurs in Sichtweite der Azoren. Keiner wollte es tun, doch schließlich gab es einen stark angetrunkenen Matrosen, der es machen wollte. Er schlug dem Affen mit einem Knüppel auf den Kopf und warf ihn dann über Bord. Traurig ging danach ein jeder in seine Kajüte. Die Seebestattung des Affen wurde dem Kapitän gemeldet. Dem Arzt war das Ganze auch sehr peinlich. Er entschuldigte sich, sagte aber, dass er nicht anders hätte handeln können. Nüchtern betrachtet hatte er wohl Recht, aber wir sprachen die ganze Reise kein Wort mehr mit ihm.

Heimreise durch den Englischen Kanal bei Windstärke 8–9 aus NW

Nachdem wir die Azoren passiert hatten, bekamen wir schlechtes Wetter. Der Wind blies mit einer Stärke von 8 bis 9 aus NW. Das war kein Problem für uns. Unsere Ladung Bananen war gut verstaut und wir fuhren durch die hohe See unbeirrt unseren Kurs.

Ich und noch ein paar andere hatten unter Einhaltung der auf See vorgeschriebenen Kündigungszeit von 48 Stunden für einlaufend Hamburg gekündigt. Es war notwendig, denn ich wollte zu Saisonbeginn der Reederei Köln-Düsseldorfer wieder in Köln sein und vorher noch meine Freundin Jirina in Ostrava besuchen. Einen wichtigen Schritt für meinen späteren Besuch an einer Seefahrtschule hatte ich ja jetzt getan: den Matrosenbrief und Fahrzeit als Matrose in der Großen Fahrt.

Bald schon erreichten wir den Englischen Kanal, passierten die Kreidefelsen von Dover und erreichten das Feuerschiff *Elbe 1*. Der Lotse kam an Bord und wir steuerten mit Lotsenberatung auf der Elbe nach Hamburg. Eine Stunde vor Ankunft in Hamburg stand ich nochmal auf der Brücke und steuerte die *Portunus* nach Anweisung des Lotsen an den Liegeplatz im Hamburger Hafen. Das hat mir nochmal richtig Spaß gemacht.

Am nächsten Morgen kam der Abmusterungsbeamte am Bord, ich wurde abgemustert und bekam ein gutes Zeugnis. Der Zweite Offizier, mit dem ich Wache gegangen war, bedauerte meinen Abschied. Ich gab ihm die Hand und sagte: »Schade, ich wäre ja auch gerne noch geblieben, aber ich habe andere Pläne.«

Übersicht: mein Weg durch Kleine und Große Fahrt

Mit der »Bilbao« ins Mittelmeer
Im nächsten Winter fuhr ich auf der *Bilbao,* einem Schiff der OPDR,

in der Mittleren Fahrt. Unsere Reise ging von Hamburg zu den Nordafrikanischen Häfen in Algerien, Oran, Algier und Annaba, danach in Ballast nach Gandia in Spanien, wo wir Apfelsinen geladen haben für Hamburg. Zwei Tage vor Weihnachten wurden die Apfelsinen noch rechtzeitig für den Weihnachtsmarkt in Hamburg gelöscht.

Mit der »Maas« durch die stürmische Biscaya nach Bilbao
Im übernächsten Winter fuhr ich auf der *Maas,* einem Schiff der Reederei RMS, in der Mittleren Fahrt zur See. Unsere Reisen führten uns nach Antwerpen – Bilbao – Antwerpen – Bilbao – Bremen. Wir hatten die ganze Zeit schlechtes Wetter.
Jetzt hatte ich die wichtigsten Voraussetzungen für den späteren Besuch an einer Seefahrtschule erfüllt.

Meine Seefahrtzeit vor dem Mast
8 Jahre Binnenschifffahrt = 4 Jahre Seefahrtzeit
Leichtmatrose auf »MS Mosel« und »MS Reint« = 7 Monate in der Kleinen Fahrt

Voraussetzungen schaffen für die Seefahrtschule
Seemannsschule Travemünde, anschließend Matrosenbrief
Matrose auf »MS Portunus« = 2 Monate Große Fahrt
Matrose auf »MS Bilbao« = 1 Monat Mittlere Fahrt
Matrose auf »MS Maas« = 1 Monat Mittlere Fahrt
Mit diesen Seefahrtzeiten und der besonderen Qualifikation meines Rheinschifferpatents wurde ich später auf der Seefahrtschule in Leer für den Lehrgang »Kapitän in Küstenschifffahrt« zugelassen.

Familienzusammenführung

Wiedersehen mit meinem Vater

Vater und seine Frau Berta

Nachdem alle Formalitäten erledigt waren, verabschiedete ich mich und fuhr mit dem Zug nach Duisburg zu meiner Oma. Von der Oma wurde ich erst mal freudig empfangen. Als ich dann meine Post öffnete, war ein Brief von meinem Vater dabei mit einer offiziellen Einladung für den Bezirk Zeitz, abgestempelt durch die Behörden der DDR. Ich wollte das mit meinen Urlaub in Tschechien verbinden. Schriftlich und telefonisch hatte ich mich schon für einen Kurzurlaub bei meiner Freundin Jirina in Ostrava angemeldet. Nach drei Tagen bekam ich ein Visum für die CSSR. Zunächst aber kaufte ich mir eine Fahrkarte nach Zeitz, sagte: »Tschüss Oma!«, und fuhr los.

An der Grenze zur DDR wurde ich gründlich kontrolliert, sogar meine westdeutsche Zeitung musste ich abgeben. Ich hatte mich um einen Zug verspätet und so hat mich auch keiner am Bahnhof in Zeitz abgeholt. Ich nahm ein Taxi. Als ich dann an Vaters Haustüre schellte, kam er die Treppen runtergerannt, nahm mich in seine Arme, drückte mich und sagte nur immer: »Mein Jünken, mein Jünken!« Dann endlich ließ er mich los, schaute mich an und war glücklich.

Wir gingen die Treppen hoch und betraten seine Wohnung. Seine Frau Berta kam auf mich zu, sagte: »Willkommen bei uns!«, gab mir erst die Hand und anschließend drückte sie mich einfach. Nun gab es etwas zu essen und zu trinken und es wurde erzählt und erzählt. Berta war eine nette, warmherzige Frau, sie stammte aus dem Sudetenland.

Am nächsten Tag lernte ich ihre Tochter Ulli und ihren Freund Siegmar kennen. Ulli war ein nettes, frisches und fröhliches Mädchen. Am Morgen fuhr ich mit Siegmar aufs Rathaus, denn ich musste mich bei der Volkspolizei melden. Anschließend gingen wir in die Bahnhofskneipe Bier trinken. Siegmar war damals Kommunist und wollte mich von den Errungenschaften des Sozialismus überzeugen, doch da war ich anderer Meinung. Er war auch öfter mal in Berlin und ist mit der S-Bahn nach West-Berlin gefahren, ist aber immer wieder zurückgekommen, erzählte er mir. Auf der Heimfahrt machten wir eine Wettfahrt mit dem Fahrrad. Er wollte mir davonfahren, aber das klappte nicht. Zuhause hatte man sich schon Sorgen um uns gemacht, und sie waren froh, als wir wieder da waren. Es war eine schöne Zeit.

Dann aber hieß es schon wieder Abschied nehmen, Vater brachte mich noch zum Bahnhof nach Zeitz, wo ich mir eine Fahrkarte nach Dresden kaufte. Als ich mir aber in Dresden eine Fahrkarte nach Prag kaufen wollte, erlebte ich eine böse Überraschung: Die Frau am Schalter wollte meinen Pass sehen, ich zeigte ihn ihr, worauf sie ganz entsetzt ausrief: »Sie sind ja Westdeutscher!«

Ich antwortete: »Ist das etwa verboten?«

»Von mir bekommen Sie keine Fahrkarte nach Prag«, sächselte sie, »ich kann Ihnen wohl eine Fahrkarte nach Westdeutschland ausstellen, von dort können Sie dann nach Prag fahren«, meinte sie.

»Das ist ja ein Riesenumweg und kostet mich viel Zeit und Geld«, antwortete ich.
»Das ist mir egal«, nuschelte sie in ihrem Sächsisch.
»Das werde ich auf keinen Fall machen!«, sagte ich ärgerlich und verließ den Bahnhof. Draußen war ein Gebäude der Volkspolizei, da ging ich hin und wollte mal hören, was die dazu sagen. Beim Pförtner brachte ich mein Anliegen vor. Der verwies mich auf ein Zimmer mit der Nr. 20. Ich klopfte an und trat ein. Denen trug ich mein Anliegen vor, die hörten interessiert zu und verwiesen mich auf ein anderes Zimmer, doch jeder verwies mich auf das nächste Zimmer. Zuletzt landete ich bei einem jungen Offizier, der erklärte mir, dass ich rechtlich wohl erst in die BRD müsse, aber dass er meine Situation verstehen würde und eine Ausnahme machen wolle. Er gab mir ein Kärtchen mit seinem Namen und seiner Telefonnummer. Ich bedankte mich, wünschte einen guten Tag und er wünschte mir eine gute Reise. Wenn einer Schwierigkeiten machen würde, sollte der ihn anrufen, sagte er noch zum Abschied.
Ich ging wieder zum Bahnhof, dort verkaufte man mir ohne Pass die Fahrtkarte nach Prag. Als der Zug dann mitten in der Nacht an der tschechischen Grenze ankam, wurde ich von einem jungen Beamten der DDR-Passkontrolle kontrolliert. Ein gültiges Visum für die CSSR hatte ich ja, aber mit meiner DDR-Aufenthaltsgenehmigung für den Kreis Zeitz durfte ich eigentlich nur nach Westdeutschland ausreisen. Ich erzählte dem Beamten, dass die Volkspolizei in Dresden, ein Herr Hoffmann, mir ausnahmsweise die Ausreise über die CSSR erlaubt hatte. Ich gab ihm die Telefonnummer, musste aber trotzdem den Zug verlassen. Der junge Beamte hielt schnell Rücksprache mit seinem Vorgesetzten, während ich auf dem Bahnsteig wartete. Schnell kam er noch zeitig genug zurückgerannt, gab mir den Pass und sagte: »O.k., Sie können fahren.« Schnell stieg ich wieder in den Zug ein, der dann auch sofort weiterfuhr.
Die tschechische Passkontrolle machte keine Schwierigkeiten, denn ich hatte ja ein gültiges Visum für Tschechien.

Endlich wieder bei Jirina

Mit dem »Ostravan« von Prag nach Ostrava

Nachdem ich die abenteuerliche Woche in der DDR überstanden hatte, stieg ich in Prag in den D-Zug »Ostravan«, der mich nach Ostrava brachte. Ich hatte leider nur eine Woche Zeit, denn ich sollte für die nächste Saison auf die *France*, ein neues, 110 m langes Kabinenschiff der KD in Köln, einsteigen. Als der Zug endlich nachts um 2 Uhr in Poruba-Svinov hielt, wurde ich von Jirina abgeholt. Wir begrüßten und küssten uns stürmisch. Ich hatte nur einen kleinen Koffer und eine Tasche dabei. Es war auch kein Taxi zu sehen und so schlenderten wir glücklich durch die Nacht nach Hause. Jirinas Eltern und Bruder Vaclav schliefen bei unserer Ankunft tief und fest.

Am nächsten Morgen wurde ich von der ganzen Familie begrüßt. Nach dem Frühstück fuhr ich mit der überfüllten Straßenbahn nach Ostrava, um mich bei der Polizei zu melden. Jirina war schon früh am Morgen zur Arbeit gefahren. Am späten Nachmittag holte ich sie im »Banski Projekty« in ihrem Arbeitsbüro ab. Dabei wurde ich auch ihren Arbeitskollegen vorgestellt. Einer hieß Nemec (übersetzt: Deutscher). Als er mir die Hand gab, und sich als Nemec vorstellte, sagte ich: »Ich bin auch Nemec.« Er schaute mich erst verdutzt an, dann lachte er und das ganze Büro lachte mit. So lernten sie mich als lustigen Kapitalisten aus dem Westen kennen.

Im Hotel *Ostrava* habe ich anschließend meinen Pflichtumtausch getätigt. Für 1 DM bekam ich 4 CKr. Auf dem Schwarzmarkt war der Kurs 1 zu 10 oder 15. Ich armer Matrose war hier in der sozialistischen CSSR reich. Alles konnte ich mir leisten. Deshalb aßen Jirina und ich auch ausgiebig im vornehmen Restaurant des Hotels *Ostrava*. Jirina stupste mich an und sagte: »Guck mal, wer da am Nachbartisch sitzt, ist das nicht Karl Gott?« Das war wirklich der berühmte Schlagerstar, der auch in Deutschland sehr beliebt war. Er brachte für den tschechischen Staat viele Devisen.

Wir saßen schön gemütlich am Tisch, aßen, genossen die Zeit unseres Zusammenseins und unterhielten uns angeregt. Auf einmal waren wir beim Thema Heiraten. Es wäre schön, außergewöhnlich, auch schwierig, aber nicht unmöglich, meinte ich und Jirina stimmte mir zu.

»Das Wichtigste ist, wir lieben uns – willst du mich heiraten?«, fragte ich sie.

Die Antwort war »Ja!« und wurde mit einem zärtlichen Kuss bestätigt. Somit waren wir glücklich verlobt. Wir kamen zwar aus zwei verschiedenen Welten, doch gemeinsam waren wir Mitteleuropäer aus demselben Kulturkreis, mit etwas schlesischem Blut in den Adern.

Das Thema ließ uns nicht mehr los. In Ostrava heiraten und später in Köln wohnen, das wäre doch was, dachten wir. Das musste jedoch gut vorbereitet und geplant werden. Wir tranken noch eine Flasche Wein, prosteten uns zu und wünschten uns viel Glück für unsere gemeinsame Zukunft. So war es doch noch spät geworden, als wir das Hotel verließen und mit der Straßenbahn nach Hause fuhren. Bei Jirina zu Hause war zu wenig Platz, und so organisierte Jirina mir ein kleines Zimmer ganz in der Nähe, in einem Haus auf der Leninova.

Zu Besuch bei Jirinas Freunden

In den nächsten Tagen lernte ich auch Jirinas Freundinnen, Freunde und Bekannte kennen. Überall wurden wir eingeladen. Zur Begrüßung gab es immer ein oder zwei Schnäpse, danach reichlich zu essen. Diese Besuche waren schön, aber auch anstrengend. Wir besuchten Jirinas Freundin Maria Topalikova, ein große, schlanke, schöne junge Frau aus dem böhmischen Tabor, die zusammen mit Jirina bei einem Herrn Knopp den Malzirkel besuchte. Außerdem waren beide im privaten

Deutschunterricht bei der lieben alten Frau Jermar, der Mutter eines Arbeitskollegen. Maria hatte außer uns noch ihren Freund, einen Studenten, zu Gast. Bei der Begrüßung trank ich die üblichen Schnäpse. Danach trank ich mit den Mädels Wein. Zum Schluss machte Marias Freund noch eine Flasche Cognac auf. Die Mädels machten nicht mit, doch wir Jungs kippten ein Glas nach dem anderen in uns hinein. Ich hatte eigentlich schon genug, doch Marias Freund schüttete immer wieder nach und sagte »na zdravi!«. Ich, der Matrose, wollte mich ja so einfach nicht geschlagen geben, und schluckte kräftig mit. Doch mein Magen spielte nicht mit. Schnell rannte ich auf die Toilette und erbrach das ganze Gemisch aus Cognac und Brothäppchen. Es wurde bereits hell, denn es war schon 5 Uhr. Wir verabschiedeten uns, und ich entschuldigte mich bei Maria. Ihr Freund saß betrunken im Sessel und grinste besoffen vor sich hin. An der frischen Luft hakte ich mich bei Jirina unter und wir gingen zur Straßenbahn. Bald darauf kam die überfüllte Bahn mit Leuten, die zur Arbeit fuhren. Wir stiegen ein und die Bahn setzte rumpelnd und schaukelnd ihre Fahrt fort. An der nächsten Haltestelle stiegen wir schnell aus, ich rannte hinter die Büsche, denn ich musste schon wieder brechen. Die Leute in der Straßenbahn lachten und Jirina schämte sich. Die Bahn fuhr ohne uns weiter, und so warteten wir auf die nächste. Als die kam, stiegen wir wieder ein und fuhren ohne Probleme nach Hause.

Eine weitere Freundin war Marcella, eine nette Blondine mit Kulleraugen und Schmollmund. Sie war verheiratet mit einem jungen, schlaksigen Mann namens Jiri, mit dem sie ein Kind hatte. Mit ihm konnte ich mich etwas auf Englisch unterhalten. Dann war da noch die Pawla, ein nettes, liebes, lustiges, etwas molliges Mädchen mit leicht roten Bäckchen. Weitere Freunde waren Jarmila und ihr Mann Jiri, die mit Jirina die Baugewerbeschule besucht hatten, und Gerhard, ein guter Kollege von Jirina, mit seiner Frau Maruschka. Gerhard hatte deutsche Vorfahren und sprach deshalb auch gut Deutsch. Es gab noch einige mehr, die ich nicht alle aufzählen kann.

Damals gab es einen populären tschechischen Schlager, der hieß »male kotche…« (»kleines Kätzchen«). Daraufhin wurden viele Mädchen, auch die großen, »kotche« genannt. Das passte auch gut zu Jirina, dachte ich mir, und so nannte ich sie auch zärtlich »Kotche«, meine kleine Katze. Auch meine Mutter und meine Geschwister nannten sie später so.

Mein Urlaub war leider schon wieder zu Ende, ich verabschiedete mich und fuhr mit dem Zug zurück nach Köln.

Meine Besuche in der CSSR

Vor unserer Hochzeit war ich wohl 5- bis 6-mal ich der CSSR, so ganz genau weiß ich das nicht mehr. So lernte ich das ganze schöne Land kennen. Wir erlebten gemeinsam eine glückliche Zeit, die ich nie vergessen werde.

Das erste Mal kurz nach dem Bulgarienurlaub war ich in Ostrava und anschließend machten wir gemeinsam einen Kurzurlaub in den Beskiden.

Das zweite Mal verbrachten wir einen dreiwöchigen gemeinsamen Sommerurlaub in Böhmen an der Lipno-Talsperre.

Das dritte Mal machten wir Winterurlaub in der Hohen Tatra. Die Tatra ist ein Hochgebirge wie die Alpen, nur kleiner. Es war wie ein Wintermärchen: Die Berge und die Wälder waren verschneit. Wir wohnten in einem schönen, rustikalen Hotel. Am Morgen nach unserer Anreise liehen wir uns Skier. Jirina konnte Skilaufen, doch ich stand zum ersten Mal auf Skier und stellte mich auch dementsprechend an. Ich konnte wohl einigermaßen geradeaus fahren, doch sobald ich nach links oder rechts steuerte, stürzte ich in den Schnee. Wir hatten leider zu wenig Zeit, und so blieb es bei mir bei dem einen Versuchstag. An einem anderen Tag fuhren wir mit der Sesselbahn auf die 2.400 m hohe Lomnický štít. Von hier aus hatten wir eine wunderschöne Aussicht. Abends tanzten wir nach der meist ungarischen Musik. Wir tranken Tokajer, den ungarischen Wein, der brachte uns für unsere gemeinsame Nacht so richtig in Stimmung.

Das vierte Mal trafen wir uns in Prag. Wir wohnten in einem Hotel am Wenzelplatz, besuchten die Prager Burg mit dem Hradschin und dem Veitsdom, schauten von hier oben auf die Moldau und die im Sonnenlicht strahlenden Dächer der Stadt, die zurecht »Prag, die goldene Stadt« genannt wurde. Abends besuchten wir das barocke Nationaltheater und sahen die Oper »Rigoletto«. An einem anderen Tag besichtigten wir die gewaltige Königsburg »Karlstein«. Hier residierte in alter Zeit der böhmische König Karl IV, der auch gewählter Kaiser des »Heiligen Römischen Reiches Deutscher Nation« war.

Ein andermal besuchten wir die mährische Hauptstadt Brünn und die slowakische Hauptstadt Bratislava an der Donau.

Einmal buchten Jirinas Eltern für uns einen Wanderurlaub in der Hohen Tatra. Unser Hotel »Sleske Dom« befand sich in 1.000 m Höhe, gerade über der Baumgrenze, an einem schönen Bergsee – ein idealer Ausgangsort für Wanderungen ins Hochgebirge. Schwager Vaclav war mit dabei, er war unser Bergführer. Nach dem Frühstück gingen wir los. Waclav mit seinen langen Beinen an der Spitze, Jirina folgte ihm leichtfüßig wie eine Gemse doch ich der Matrose hatte alle Mühe mit ihnen Schritt zu halten. Es war manchmal etwas anstrengend, doch wir erlebten die grandiose Bergwelt der Hohen Tatra und hatten einen wunderschönen, unvergesslichen Urlaub.

Urlaub in der Hohen Tatra

Wieder auf dem Rhein bei der KD

Matrose auf dem Kabinenschiff »France«

In Köln meldete ich mich bei der KD-Reederei. Die Personalabteilung hatte mich für das neue, große Kabinenschiff *France* eingeteilt. Das Schiff war gerade zu Saisonbeginn von der Werft fertiggestellt worden und sollte bald schon die Probefahrt machen. Also fuhr ich sofort an Bord der *France*, die noch in Wiesbaden-Amöneburg auf der Werft lag. Jetzt war die Besatzung vollständig. Bald darauf fuhren wir nach Bonn, wo das Schiff von der Gattin des französischen Konsuls auf den Name *France* getauft wurde. Danach machten wir mit viel Prominenz an Bord die Jungfernfahrt. Überall an Land winkten die Leute und an den KD-Steigern wurden die Flaggen auf und nieder geholt.

Die *France* war ein Kabinenschiff von 110 m Länge, ausgerüstet mit zwei Voith-Schneider-Propeller und einem Bugstrahler. Die Besatzung waren: Kapitän Simon Schoor, Erster Steuermann, Name leider vergessen, Zweiter Steuermann Lothar Voss, Matrosen Hans-Jürgen Zydek und Peter Gräf. Außerdem fuhren wir einen Ersten und einen Zweiten Maschinisten. Außerdem drei Köche mit dem dazugehörigen Küchenpersonal – es gab eine 4-Sterne-Restauration – sowie Stewards, Stewardessen, Friseure etc.

Fahrplanmäßig fuhren wir in fünf Tagen stromaufwärts von Rotterdam nach Basel. Die Übernachtungsstationen in der Bergfahrt waren Düsseldorf, Koblenz, Mannheim, Straßburg und Basel. Für die Stationen stromabwärts brauchten wir vier Tage mit Übernachtungen in Straßburg, Koblenz, Düsseldorf und Rotterdam. Unser Schiff war immer schon ein Jahr im Voraus ausgebucht, meistens von Amerikanern.

Die langen Reisen waren für mich eine gute Gelegenheit, mein Patent von Mannheim nach Basel zu verlängern.

Zweiter Steuermann auf der *Wiesbaden*

Im September wurde ich zum Zweiten Steuermann befördert und auf die *Wiesbaden* versetzt. Dort blieb ich bis zum Ende der Saison im Oktober. Dann wurde das Schiff zum Überwintern in Köln im Rheinauhafen außer Dienst gestellt.

Neuigkeiten von den Geschwistern

Meine Schwester Irmgard hat geheiratet

Einen Tag, bevor wir mit der *Wiesbaden* in den Rheinauhafen verholten, lagen wir noch auf Strom am KD-Steiger in Köln an der Frankenwerft. Wie ich so an Deck meiner Arbeit nachging, erblickte ich meine Mutter und meine Schwester Maria, die am Ufer spazierten. Sie erkannten mich auch gleich und winkten. Daraufhin verließ ich mein Schiff und begab mich an Land. Nach einer freudigen Begrüßung stellte ich gleich die Frage: »Was macht ihr den hier?«

Mutter antwortete: »Wir kommen gerade von Irmgards Hochzeit und sind auf dem Heimweg nach Rotterdam.«

»Wieso habt ihr mich nicht benachrichtigt?«, fragte ich beleidigt, »ich wäre gerne bei der Hochzeit dabei gewesen!«

»Wir wussten ja nicht, dass du schon wieder in Köln bist, wir dachten, du wärst noch auf See oder in Ostrava. Du hättest dich ja auch mal melden können!«

Da hatten sie Recht. Ich lud sie jetzt erst mal ein, an Bord zu kommen. Wir setzten uns an einen freien Tisch und ich holte Kaffee für die beiden. Dann fragte ich weiter: »Wieso spaziert ihr hier an der Rheinpromenade herum, wenn ihr nach Rotterdam müsst?«

Mutter erzählte jetzt ganz entrüstet, dass man ihr das Portemonnaie mit den Fahrkarten gestohlen hatte. Maria hatte auch nur wenig Geld dabei. In Köln mussten sie umsteigen und hatten kein Geld für eine neue Fahrkarte für die Weiterfahrt nach Holland. Maria war auf die Idee gekommen – sie hatte zu Ma gesagt: »Komm, lass uns mal am Rhein vorbeischauen, vielleicht haben wir Glück und Jürgen liegt mit dem Schiff am Steiger.«

Das war wirklich ein Zufall, dass ich tatsächlich mit dem Schiff am Steiger lag. Ich gab ihnen also erst mal 200 DM für die Weiterfahrt. Jetzt erzählten sie mir von der Hochzeit meiner Schwester Irmgard, die ich ja leider verpasst hatte.

Meine beiden Schwestern Irmgard und Maria lebten und arbeiteten in Rotterdam. Es war die Zeit, als italienische Gastarbeiter zum Arbeiten nach Holland und Deutschland kamen. Schon bald lernte Irmgard Piero, einen Italiener aus Sizilien, kennen. Der tanzte gut, duftete gut und war »picobello« angezogen – in den hatte sich meine Schwester verliebt. Piero jedoch war nicht treu, er hatte noch andere Mädchen.

Irmgard trennte sich bald wieder von ihm. Nach einiger Zeit merkte sie, dass sie schwanger war. Sie wollte aber keinen Kontakt mehr zu Piero und ihr Kind lieber alleine großziehen. Keiner wusste Bescheid. Als das Kind dann zur Welt kam, waren alle überrascht. Es war ein Sohn und Irmgard gab ihn den Namen Peter.

Irmgard und ihr Baby kommen nach Neuburg

Meine Schwester Irmgard mit ihrem Sohn Peter und unseren Brüdern Gerd und Jennes

Auf Mutters Einladung kam Irmgard mit ihrem Kind nach Neuburg. Mutter war Oma geworden. Sie versorgte gerne und mit viel Liebe ihr erstes Enkelkind, so dass Irmgard in Karlsruhe arbeiten konnte. Sie bekam Arbeit als Kellnerin im Offizierskasino der US-Army. Hier lernte sie ihren Mann John Slepinski kennen, der Offizier bei der Army war. Sie heirateten schnell, und bald schon wurden sie nach Okinawa in Japan versetzt. Sie lebten sieben Jahre auf einer amerikanischen Militärbasis auf der Insel Okinawa. Irmgard bekam noch drei weitere Kinder. Sie hatte jetzt vier Kinder, das waren Peter, Annette, Nancy und John. In den sieben Jahren haben wir weder Irmgard noch ihre Familie gesehen. John beendete seinen Militärdienst und die Familie zog nach Baltimore. Irmgard ließ sich scheiden, deshalb hatte ich auch keine Gelegenheit mehr, John kennenzulernen.

Bruder Martin und Schwester Annie haben geheiratet

Auch sonst gab es in der Familie einige Veränderungen, erzählten mir Mutter und Maria. Mein holländischer Bruder Martin hatte Will Luike geheiratet, eine Schipperstochter, deren Vater Aad Luike Schipper und Eigentümer auf dem »MS Marjo« war. Meine holländische Schwester Annie heiratete den Schipper Walter Engelbrecht. Auf keiner der Hochzeiten war ich dabei, weil keiner wusste, wo ich war.

Unser Kaffeekränzchen ging zu Ende, denn ich musste auch wieder weiterarbeiten. Doch ich war nun wieder auf dem neuesten Stand. Ich erzählte ihnen noch, dass Jirina uns bald besuchen würde.

»Da bin ich aber mal gespannt«, sagte Mutter.

Die beiden verabschiedeten sich und gingen zum Bahnhof, um ihre Reise nach Rotterdam fortzusetzen. Nach einiger Zeit sah ich vom Schiff aus, wie der D-Zug *Loreleyexpress,* in dem sich Ma und Maria befanden, über die Hohenzollernbrücke weiter nach Holland fuhr.

Hochzeit in Ostrava

Jirina zu Besuch in Duisburg und Neuburg

Den ganzen Sommer über hatte ich regen Briefkontakt mit meiner Verlobten Jirina. Manchmal telefonierte ich auch kurz mit ihr, denn die Prepioras hatten ein Telefon. Wir beschlossen, im November zu heiraten. Vorher wollte Jirina jedoch noch nach Deutschland kommen, um meine Familie kennenzulernen. Inzwischen hatte sie ein Visum bekommen und sich mit dem Zug auf den Weg nach Deutschland gemacht. In Frankfurt holte ich sie ab. Hier blieben wir zwei Tage. Danach fuhren wir mit dem Zug nach Duisburg und besuchten meine Oma und Tante Anneliese und die Familie Frings. Die freuten sich sehr über unseren Besuch. Wir feierten ein bisschen mit Kaffee und Kuchen und abends tranken wir ein Gläßchen Wein. Am nächsten Tag waren wir bei der Familie Frings zum Essen eingeladen. Alle fanden Jirina sehr sympathisch. Lange konnten wir nicht bleiben, denn wir wollten noch nach Neuburg meine Mutter besuchen. Wir erfuhren, dass Pa Kreuze mit dem Schiff in Frankreich war, und so konnten wir ungestört Mutter besuchen, denn ich hatte ja immer noch Hausverbot.

Morgens nach dem Frühstück verabschiedeten wir uns, fuhren mit dem Zug nach Karlsruhe und von dort mit dem Bus nach Neuburg. Die Kreuzes wohnten dort in einem kleinen Fachwerkhaus, das unter Denkmalschutz stand. Vor dem Haus schon wurden wir von meinen kleinen Brüdern Gerhard und Jennes stürmisch empfangen (»Der ›Oo‹ ist wieder zu Hause!«). Dann klopfte ich an die Tür, Mutter machte auf und begrüßte uns. Jirina überreichte Mutter einen Strauß Blumen, Mutter umarmte sie und sagte: »Herzlich willkommen!« Dann betraten wir die »Gute Stube«, setzten uns, und bei Kaffee und Kuchen wurde erzählt. Mutter bekam eine Einladung zu unserer Hochzeit in Ostrava im November. Sie versprach uns, dass sie frühzeitig ihr Visum beantragen würde und dass sie auf jeden Fall dabei sein wollte. Das war mir auch sehr wichtig.

Inzwischen kamen die Jungs in die Stube, sie überreichten Jirina einen kleinen Strauß Blumen, den sie von ihrem Taschengeld gekauft hatten. Jirina freute sich. Sie hatte auch ein paar kleine Geschenke für sie und ich gab beiden je 20 DM. Sie bedankten sich, aßen ein großes Stück Kuchen und verschwanden wieder mit ihren Hund »Molli« auf der Straße.

Wir blieben nur drei Tage, denn es bestand immer die Gefahr, das Pa Kreuze unerwartet nach Hause kam. Außerdem musste Jirina wieder nach Hause. So verabschiedeten wir uns von Ma und den Jungs und fuhren mit dem Zug wieder nach Frankfurt. Hier übernachteten wir noch einmal. Am nächsten Morgen brachte ich Jirina zum Bahnhof, von wo sie mit dem Zug nach Hause fuhr. In Ostrava wollten Jirina und ihre Eltern alles für unsere Hochzeit vorbereiten. Dafür bin ich ihnen bis heute noch dankbar!

Unsere Hochzeit in Ostrava

Der Zug Hamburg–Wien raste mit hoher Geschwindigkeit unmittelbar am Rheinufer entlang auf dem Weg zu meiner Hochzeit in Ostrava. In einem Abteil des Zuges saß ich in Begleitung meines Bruders Martin und seiner Frau Will. Die beiden hatten auch erst vor ein paar Monaten geheiratet. Der große Rest meiner Familie hatte keine Zeit oder kein Geld. Auch mein Freund Theo hatte Bedenken, mich auf meiner Reise hinter den »Eisernen Vorhang« zu begleiten. Deshalb war ich froh, dass Martin und Will dabei waren. Das Schiff *Fiat Voluntas*, auf dem Ma, Pa und mein Bruder Peter fuhren, befand sich zu der Zeit in Frankreich. Peter musste an Bord bleiben, doch Ma stieg in den Zug Paris–Prag, um an meiner Hochzeit am 5. November 1966 teilzunehmen. In Nürnberg mussten auch wir in den Zug Paris–Prag, in dem sich Ma befand, umsteigen.

Wir waren bereits in Nürnberg und warteten. Als der Zug endlich eintraf, konnten wir Mutter im Zug nicht finden. Wo war sie bloß? Hatte sie vielleicht in Paris den Zug verpasst? Das wäre schlecht gewesen, denn der Zug fuhr nur einmal am Tag nach Prag. Schnell lief ich auf dem Bahnsteig den Zug entlang und schaute in alle Abteile. Auf einmal entdeckte ich sie! Sie saß seelenruhig an einem Fensterplatz und winkte mir zu. Mir fiel ein Stein von Herzen. Ich sagte Martin und Will Bescheid und wir gingen in Mutters Abteil. Bald darauf fuhr der Zug weiter. Die Pass- und Zollkontrolle an der Grenze in Eger hatten wir ohne Probleme passiert, die Lokomotiven wurden gewechselt und eine große Dampflock mit einem roten Stern zog jetzt den Zug durch die schöne böhmische Landschaft.

Am frühen Abend erreichten wir Prag. Hier stiegen wir aus und warteten auf den Schnellzug »Ostravan«, der uns nach Ostrava bringen würde. Die ganze Reise über hatte Mutter schon von Prag geschwärmt. Sie hatte, als sie noch ein junges Mädchen war, den Film »Prag, die goldene Stadt« gesehen. Wir hatten nicht viel Zeit, doch Mutter ließ keine Ruhe und so gingen wir schnell über den Wenzelplatz zum Ufer der Moldau. Von hier aus konnten wir den Hradschin sehen. Mutter war begeistert und schwärmte: »Wie wunderbar!« Schnell mussten wir wieder zurück zum Bahnhof, wo der Zug schon auf uns wartete. Wir stiegen ein und kurz danach ging es schon weiter nach Ostrava.

Als wir nachts um 3 Uhr in Ostrava-Svinov ankamen, wurden wir von Jirina erwartet. Nach einer herzlichen Begrüßung stiegen wir schnell in ein Taxi und fuhren zu Jirina nach Hause. Nach einer sehr herzlichen Begrüßung durch Jirinas Eltern gingen wir erst mal schlafen, denn wir waren todmüde nach der langen Bahnfahrt. Am Mittag des nächsten Tages wurde erst gefrühstückt. Jetzt lernte man sich erst ein bisschen kennen, doch man konnte sich nicht so gut verstehen. Jirina und ihr Bruder Vaclav mussten immer wieder übersetzen. Sonst war alles für die Hochzeit, die in zwei Tagen, am 5. November, stattfinden sollte, vorbereitet. Dann endlich kam der große Tag. Mit dem

Taxi fuhren wir nach Ostrava zum Rathaus, wo im großen Hochzeitssaal die Trauung stattfand.

Feierliche Trauungszeremonie im Rathaus von Ostrava
Jirina war eine schöne Braut, mit einem weißen Hochzeitskleid, einem kleinen weißen Schleier und einem Brautstrauß. Ich trug einen schwarzen Anzug mit Fliege. Wir waren ein schönes Paar.

Als wir im Rathaus von Ostrava den Saal betraten, war er voll mit Hochzeitsgästen, die an der Trauung teilnehmen wollten. In der ersten Reihe saßen Jirinas Eltern, ihr Bruder, meine Mutter sowie Bruder Martin und seine Frau Will. Dann die Prepiora-Familie und die Popek-Familie. Außerdem die Nachbarn, Jirinas Freundinnen und Freunde und viele Arbeitskollegen aus den Büro von »Banski Projekty«, in dem Jirina arbeitete und das im Übrigen ganz in der Nähe war. Es passierte wohl nicht oft, dass ein Westdeutscher ein Frau aus Ostrava heiratete.

Ein großer, würdevoller Standesbeamter mit grauem Haar las uns den Text des Heiratsvertrags in tschechischer Sprache vor, der uns in Liebe, Treue und Achtung, in guten sowie in schlechten Zeiten ein Leben lang verbinden sollte. Vorher wurde mir der Text in deutscher Sprache erklärt. Als er dann Jirina auf Tschechisch fragte, ob sie mich heiraten wolle, antwortete sie auf Tschechisch mit »ano«. Mich fragte er auf Deutsch, und ich antwortete mit »ja«. Danach steckten wir uns gegenseitig die Ringe an den Finger. Jetzt durfte ich die Braut küssen. Ich hob den leichten Schleier von Jirinas Gesicht und küsste sie. Danach unterschrieben wir die Heiratsurkunde. Jirinas Onkel Vincent und mein Bruder Martin waren Trauzeugen und mussten ebenfalls unterschreiben. Dann gab uns der Standesbeamte die Hand und wünschte uns viel Glück in unserer Ehe. Ich schaute meiner schönen Braut glücklich in die Augen, wir waren verheiratet! Jetzt wurde uns zu unserer Hochzeit gratuliert und wir mussten viele Hände schütteln.

Als wir das Rathaus verließen, gab es ein kleines Hindernis. Einige spaßige Kollegen von Jirina hatten quer über den Ausgang eine Leine gespannt, an der einige Sachen aus dem Büro hingen. Sie wollten, dass ich meine frischgebackene Ehefrau auf den Arm nehme und über die Leine (Schwelle) trage. Das war kein Problem für mich, ich also nahm meine Braut auf den Arm und stieg mit ihr über die Leine. Nachdem ich Jirina vorsichtig wieder auf dem Boden abgesetzt hatte, hingen mir die Kollegen einen Rettungsring um den Hals, auf dem SOS stand. Alle hatten Spaß und klatschten begeistert.

Weiter gings mit dem Auto zum Fotografen. Der machte wunderschöne Hochzeitsfotos von uns. Danach fuhren wir gemeinsam in ein von uns reserviertes Lokal in Poruba. Dort wurde gegessen, gefeiert und später auch getanzt. Die Hochzeitsparty endete erst lange nach Mitternacht.

Frisch verheiratet!

Ausklang mit Theaterbesuch

Am nächsten Tag war Ruhetag und die Familien hatten Gelegenheit, sich etwas näher kennenzulernen. Mit der Verständigung war es manchmal etwas schwierig, weil immer einer übersetzen musste, doch die Stimmung war gut. Am Abend des zweiten Tages gingen wir gemeinsam ins Theater und sahen uns die Operette »Polenblut« an.

Gemeinsamer Theaterbesuch in Ostrava

Dann kam der Tag der Abreise. Wir verabschiedeten uns von Jirina und ihrer Familie, die jetzt durch die Heirat auch unsere, vor allem auch meine Familie geworden war. Jirina, meine Frau, brachte uns zum Bahnhof. Der Abschied fiel uns schwer, doch wir trösteten uns mit der Tatsache, dass wir verheiratet waren und noch ein ganzes gemeinsames Leben vor uns hatten.

Wir stiegen in den Zug. Während er anfuhr, winkten wir, und ich rief Jirina zu: »Auf Wiedersehen in Deutschland!«

So schnell wie möglich wollte Jirina einen Antrag auf eine Ausreise aus der CSSR stellen, um zu mir nach Köln überzusiedeln. Jetzt aber fuhren wir erst wieder den langen Weg zurück nach Hause. Ich nach Köln und Ma, Martin und Will nach Holland.

Mein Leben mit Jirina in Köln und auf Rhein und Mosel

Im Kölner Rheinauhafen auf der »Wiesbaden«

In Köln wohnte ich wieder auf der *Wiesbaden,* die ihren Liegeplatz im Kölner Rheinauhafen hatte. Auf einem Passagierschiff mit vielen ausländischen Gästen an Bord war es wichtig, dass man auch Englisch sprach. Die Reederei fand das auch gut, doch sie tat nichts, um das zu fördern. Im Jahr davor hatte ich für einen Monat in England eine Sprachschule besuchen wollen. Schulbesuch, Unterbringung bei einer Gastfamilie, Museum und Theaterbesuch in London etc. hätten mich alles zusammen 1.000 DM gekostet. Doch die Personalabteilung bewilligte mir keinen unbezahlten Urlaub. Ich war sehr empört über ein so kurzsichtiges Verhalten. Daraufhin meldete ich mich für einen dreimonatigen Englischkurs auf der Berlitz-School in Köln an. Der Unterricht fand dienstags und donnerstags abends von 19 bis 21Uhr statt. Unser »Teacher« war Mrs. Cunert, eine sympathische englische Lady. Wir waren eine interessante Gruppe junger Leute, die Englisch lernen wollten, und hatten viel Spaß miteinander. Vier von unserer Gruppe mussten unbedingt Englisch lernen, denn sie wollten nach Australien auswandern.

Nach zwei Monaten musste ich den Kurs leider abbrechen, denn die Saison hatte begonnen und ich musste zurück aufs Schiff. Trotzdem hatte ich doch einiges gelernt. Außerdem machte ich in derselben Zeit noch meinen Führerschein Klasse 3 bei der Fahrschule Jung in Köln-Deutz. Die Prüfung schaffte ich zum Glück noch vor Saisonbeginn.

Samstags ging ich immer im Agrippabad in Köln schwimmen. Ich hatte wenig Privatleben, doch das Zusammensein mit meinen Kollegen während der Arbeitszeit verschaffte mir die nötige Abwechslung.

Oma Venners ist gestorben

Ich war so beschäftigt, dass ich schon längere Zeit nicht mehr bei meiner Oma gewesen war. Ich konnte sie auch nicht mal anrufen, denn sie hatte kein Telefon. Als ich dann hörte, dass Oma inzwischen im Johanneshospital in Hamborn an Krebs gestorben sei, war ich traurig und schockiert. Nachdem Oma auf dem Abteifriedhof in Hamborn in der Venners-Familiengruft beigesetzt worden war, bekam ich von Onkel Paul die Nachricht, dass ich meine wenigen Sachen abholen sollte, die ich noch in Omas Schrank aufbewahrt hatte. Keiner hatte mich vorher benachrichtigt, ich war sehr verärgert und traurig. Ich fuhr nach Hamborn, wo Onkel Paul damit beschäftigt war, Omas Wohnung aufzulösen. Nach einem heftigen Streit mit ihm packte ich meine wenigen Sachen und verließ die Wohnung.

Ich kaufte Blumen und ging auf den Friedhof, um mich von meiner Oma zu verabschieden. Hier ruhte sie nun an der Seite ihres Mannes und ihrer Kinder Gerd und Finnchen in der Venners-Familiengruft. Für ihren Sohn Hans, der in Russland als Soldat gefallen war, war eine Gedenktafel auf dem Grab angebracht. Oma war im Alter von 84 Jahren gestorben. Ich stand da, faltete meine Hände, betete und dachte traurig an meine Oma, die ich geliebt hatte. Sie hatte zwei Kriege überlebt, neun Kinder geboren und war mir immer eine gute Oma gewesen. Es war 12 Uhr, vom Turm der nahen Abteikirche läutete die Glocke zum Angelogebet. Ich folgte meiner spirituellen Neigung und betete das Angelogebet »Der Engel des Herrn brachte Maria die frohe Botschaft und sie empfing vom heiligen Geist«. In der Abteikirche wurde ich getauft und bin zur Kommunion gegangen. Damals glaubte ich an Gott und konnte noch beten. Jetzt hatte ich Zweifel, wie schade. Ich betete trotzdem, denn es tröstete mich. Ein paar Tränen liefen mir über die Wangen. Voller Trauer verließ ich den alten, ehrwürdigen Friedhof, auf dem ein Teil meiner Familie begraben war, und fuhr mit dem Zug zurück nach Köln.

Jirina in Köln – unsere erste gemeinsame Wohnung

Inzwischen hatte Jirina bei den tschechischen Behörden einen Antrag auf Ausreise nach Deutschland gestellt. Da wir jetzt verheiratet waren, wurde dem Antrag von den Behörden in Ostrava stattgegeben. Sie durfte zu mir, ihrem Mann, nach Westdeutschland ausreisen. Es dauerte jedoch noch ein halbes Jahr, bevor endlich alle Formalitäten erfüllt waren. Jirina durfte kein Geld ausführen, deshalb kaufte sie Sachen, die wir später in unserer neuen Wohnung in Köln benötigen würden. Zwei große Kisten mit Haushaltsgegenständen aller Art sowie Bettzeug und Bücher wurden von ihr auf die Reise mit der Bahn nach Köln geschickt. Bald darauf packte auch sie selber ihre Koffer, verabschiedete sich von ihrer Familie und begab sich auf die abenteuerliche Reise zu mir und ihrer neuen Heimat in Deutschland. Jirina hatte viel zurückgelassen, ihr Zuhause, ihre Freunde und ihren sicheren Arbeitsplatz.

Zuvor war ich in Köln auf Wohnungssuche. Ich war unerfahren, denn ich hatte selbst noch nie eine Wohnung an Land gehabt. Endlich fand ich eine möblierte Zweizimmerwohnung in Köln-Höhenberg auf der Frankfurter Straße. Sie befand sich in einer Art Gartenhaus für zwei Familien, die direkt neben einem Wohnhaus mit mehreren Etagen stand. Unsere Nachbarn, ein nettes, junges türkisches Ehepaar, wohnten schon einige Zeit in Köln. Der Mann arbeitete bei Ford in Köln-Niehl. In unserer Wohnung wohnte, bevor wir einzogen, eine türkische Familie, die, als eine größere Wohnung im Haus nebenan frei wurde, dort einzog.

Endlich war Jirina mit dem Zug in Köln angekommen. Ich holte sie am Bahnhof ab und wir fuhren mit dem Taxi nach Köln-Höhenberg in unsere erste gemeinsame Wohnung. Jirina war wohl etwas enttäuscht von der Wohnung. »Es ist nur für den Anfang«, versprach ich ihr, »später suchen wir uns eine andere, schönere Wohnung.« Trotzdem waren wir glücklich, denn endlich waren wir zusammen.

Nach einiger Zeit besuchte uns meine Schwester Maria mit ihrem neuen italienischen Freund Gianni. Er stammte aus Norditalien, aus Bologna, ein ganz anderer Typ als die Süditaliener, behauptete Maria. Erst mal machten wir uns einen schönen gemeinsamen Abend. Während wir gemütlich zusammensaßen, äußerte Maria den Wunsch, mit Gianni zu uns nach Köln zu ziehen. Vorher wollten die beiden aber noch heiraten. Wir versprachen, sie bei der Wohnungs- und Arbeitssuche zu unterstützten.

Für uns begann jetzt der Alltag. Jirina musste sich erst mal in ihrem neuen Leben mit mir und in Köln zurechtfinden. Am Anfang konnte sie noch nicht als technische Zeichnerin arbeiten. Vorübergehend kam sie bei Pixi-Foto, einem Fotogeschäft, unter. Später, als ihre tschechischen Papiere anerkannt waren, wurde sie beim Ingenieurbüro Dellmann als technische Zeichnerin eingestellt.

Ich fuhr jeden Tag mit der Straßenbahn nach Köln zum Rheinauhafen, wo ich weiterhin auf den Schiffen der Köln-Düsseldorfer arbeitete. Endlich wurde von der Personalabteilung der KD die Liste für die Besetzung der Schiffe mit nautischem Personal für die nächste Saison herausgegeben. Ich sollte als Zweiter Steuermann und Inspektor auf der *Gutenberg* fahren. Das war ein relativ kleines Schiff und sollte fahrplanmäßig auf der Mosel zwischen Beilstein und Bernkastel verkehren. Vorher musste ich jedoch noch einen Inspektorlehrgang besuchen.

In unserer neuen Wohnung auf der Frankfurter Straße hatten wir uns eingelebt. An einem schönen Sonntagnachmittag, Jirina hatte Kuchen gebacken, geschah Folgendes: Der Kuchen war noch warm und so stellten wir ihn auf den Tisch zum Abkühlen. Währenddessen gingen wir spazieren. Als wir nach einer Stunde wieder zurück waren, erlebten wir eine böse Überraschung. Unser leckerer Kuchen war voll mit Ameisen, die ihn in kleinen Stückchen auf einer Ameisenstraße in den Garten trugen. Als wir uns von dem Schrecken erholt hatten, packte ich den Kuchenteller und schüttete den Restkuchen auf die Wiese vor unserem Haus. Daraufhin entsorgten die Ameisen den Rest, so dass kein Krümel übrigblieb. So hatten die kleinen Krabbeltiere uns die gute Laune an diesem Sonntag verdorben.

Eines Abends, wir befanden uns im Schlafzimmer und zogen uns aus, um schlafen zu gehen, hörten wir auf einmal ein großes Geschrei vor unserem Haus. Ich zog mir schnell eine Jacke über und ging vor die Tür. Dort sah ich, wie drei Türken auf einen Deutschen einschlugen. Ich schrie die Männer an: »Was ist hier los?!« Einer der Türken kam zu mir und erklärte, dieser Mann, den wir gerade verprügeln, ist ein Spanner, er hat bei euch ins Schlafzimmer geguckt. Er erzählte, dass er vor uns in unserer Wohnung gewohnt hatte und dass der Spanner ein paarmal von den türkischen Frauen erwischt worden sei, als er die Frauen beim Ausziehen beobachtet hatte. Die Männer waren nicht zu Hause, und so konnte der Spanner immer wieder entkommen. Doch dieses Mal hatten sie aus der zweiten Etage ihres Hauses gesehen, wie er bei uns in den Garten geschlichen war und bei uns ins Schlafzimmer schaute. Daraufhin waren die drei Männer in den Garten geeilt und hatten ihn verprügelt. »Dann hat er Prügel verdient«, sagte ich zu meinen Nachbarn. Doch dann bin ich doch dazwischengegangen und habe versucht, sie zu beruhigen, denn sie hätten ihn womöglich noch umgebracht. In einem günstigen Moment konnte der junge Mann jedoch in Panik ohne Schuhe fliehen.

Unter diesen Umständen wollten wir nicht länger in diesem Haus wohnen bleiben, denn bald musste ich aufs Schiff, und es wäre nicht gut gewesen, wenn Jirina alleine hier hätte wohnen müssen. Wir fanden bald ein möbliertes Zimmer bei einer alten Dame in Köln am Barbarossaplatz. In der ganzen Saison war ich nur ein- oder zweimal in der Wohnung, denn ich war bereits an Bord der *Gutenberg* und konnte nicht nach Hause kommen, da ich mit dem Schiff nur auf der Mosel fuhr. An den Wochenenden jedoch war Jirina bei mir an Bord der *Gutenberg*.

In der Woche wohnte Jirina in unserer Wohnung am Barbarossaplatz und ging auch von hieraus zur Arbeit. Jirina hatte sich mit ihrer

Arbeitskollegin Helen, einer Christin aus Persien, angefreundet, die schon lange in Deutschland lebte. Helen hatte einen deutschen Freund, einen Studenten, der auf der Uni in Köln studierte. Jirina fühlte sich nicht wohl bei der alten launischen Dame am Barbarossaplatz. Durch die Beziehungen und Vermittlung von Helens Freund zog Jirina bald schon in eine Studentenwohnung nicht weit vom Ebertplatz. Als der Verwalter davon erfuhr, musste Jirina die Wohnung wieder räumen, doch zum Glück vermittelte er ihr eine kleine Wohnung in Köln-Mühlheim auf der Vincenzstraße, in einem älteren Haus in der vierten Etage. Uns gefiel die kleine Wohnung. Wir lebten jetzt verkehrsgünstig ganz in der Nähe vom Köln-Mühlheimer-Bahnhof. Es gab hier gute Bahnverbindungen zum Kölner Stadtzentrum, nach Duisburg und nach Holland. Da das Fenster unserer Wohnung zur Hofseite zeigte, war es trotz der Nähe zum Bahnhof wunderbar still. Hier fühlten wir uns erst mal wohl.

Eine Saison mit der »Gutenberg« auf der Mosel

Ich fuhr inzwischen als Zweiter Steuermann und Inspektor auf der *Gutenberg* nach Fahrplan zwischen Beilstein und Bernkastel. Jirina besuchte mich an den Wochenenden und trotz mancher Schwierigkeiten erlebten wir eine schöne Zeit.

Der Fahrplan der *Gutenberg* sah vor, dass wir um 9 Uhr ab Beilstein ablegten und nach einigen Zwischenstationen mittags in Bernkastel ankamen. Dort hatten wir etwa eine Stunde Aufenthalt und nachmittags um 16 Uhr waren wir wieder in Beilstein. Das war normalerweise eine ruhige Tour. An manchen Wochenenden, wenn das Schiff voller Leute war, hatte ich viel zu tun: Fahrkarten verkaufen und kontrollieren; auch verkaufte ich Ansichtskarten, Landkarten von Mosel und Rhein und die Lokalzeitung. Außerdem musste ich den Leuten oft den Fahrplan erklären und sie bei weiteren Reisen mit Schiff und Bahn beraten. Da wir manchmal auch ausländische Fahrgäste beförderten, war es gut, dass ich Englisch und Holländisch sprach. Wenn wir um 16 Uhr wieder am Steiger lagen, machten wir klar Schiff und hatten danach immer noch Zeit, um ins Dorf zu gehen. Im Dorf war ich bekannt wie ein »bunter Hund«, alle grüßten mich mit meinem Vornamen. Es lebten nette und freundliche Menschen an der Mosel.

Unser Kapitän war Rudi Hein, er war verheiratet mit einer blonden Frau aus dem französischen Lothringen. Sie hatten ein Haus in Porz a/Rhein. Häufig besuchte sie ihren Mann an den Wochenenden mit ihrem Auto und manchmal nahm sie Jirina am Sonntagnachmittag mit nach Köln. Den Namen unseres Ersten Steuermanns habe ich leider vergessen, ich weiß nur noch, dass er am Mittelrhein in Kamp-Bornhofen zu Hause war. Unser Matrose kam aus Koblenz. Außerdem hatten wir einen alten Maschinisten aus Niederschlesien an Bord. – Diese alten Ostdeutschen, die den Krieg und die Vertreibung aus ihrer Heimat mitgemacht haben, können das nicht vergessen und erzählen immer wieder davon. Sie sind die letzten Zeitzeugen schlesischer Geschichte. – Er war ein fähiger Maschinist, der seinen Humor nicht verloren hatte. Wir waren eine gute Besatzung, meistens gut ausgeschlafen und zu allerlei Späßen bereit.

Auf unserer täglichen Reise von Beilstein nach Bernkastel mussten wir an mehreren Stationen anlegen, um Passagiere an Bord zu nehmen. So steuerten wir auch den etwas schwierigen Steiger des Städtchens Zell an. Der Mann auf dem Steiger, der unsere Leinen zum Festmachen annehmen musste, trug immer einen grauen Kittel und hatte einem vom Wein getrübten Blick. Er war schon eine komische Gestalt. Normalerweise war er der Totengräber der Stadt, nur wenn die *Gutenberg* zweimal am Tag anlegte, war er am KD-Steiger tätig. Wenn wir mit unserem Schiff den Steiger ansteuerten, stand er da und gab unserem Kapitän Zeichen, wie er den Steiger ansteuern soll. Rudi Hein, unser Kapitän, regte sich auf: »Wie kommt der Kerl dazu, mir Anweisungen zu geben!« Wir beruhigten ihn und hatten die zündende

Idee, dass, wenn er schon Anweisungen beim Anlegemanöver gab, er es dann auch mit einer Kelle machen sollte, wie bei der Bahn. Es war also beschlossene Sache. Unser Maschinist befestigte eine runde Blechscheibe an einem kurzen Holzstiel, die er noch schön anmalte. Ich verfasste ein kurzes, angeblich echtes Rundschreiben von der KD aus Köln, darin wurden die Leute auf den Anlegesteigern angewiesen, die Schiffe beim Anlegen zu unterstützen. Dann drückte ich noch den Stempel der Köln-Düsseldorfer unter das Schreiben. Beim nächsten Anlegen in Zell übergab ich dem Brückenmann das Schreiben und die Kelle. Als wir das nächste Mal in Zell anlegten, stand er da und winkte mit der Kelle. Viele Leute standen an Land und schauten zu, sie dachten wohl, das sei normal, doch wir amüsierten uns.

Später wurde es für uns ein alltäglicher Anblick. Er machte seine Arbeit gut, und wir überlegten, wie wir ihn belohnen könnten. Wir beschlossen, ihn mit dem Bundesverdienstkreuz auszuzeichnen. Unser Maschinist schmiedete ein Blechkreuz und bemalte es schwarz-rot-golden. Ich musste wieder ein Rundschreiben aus Köln aufsetzen und mit dem KD-Stempel abstempeln. »Wenn das mal gutgeht, das ist grober Unfug und auch gemein«, dachte ich, »vielleicht degradieren sie mich und ich muss wieder als Matrose fahren.« Aber alle waren so begeistert, dass ich nicht nein sagen konnte.

Eines Tages legten wir wieder in Zell an, viele Leute standen an Land und schauten zu. Ich gab dem Brückenmann die Hand und sagte: »Für ihre guten Dienste soll ich Ihnen im Namen der Reederei Köln-Düsseldorfer das Verdienstkreuz übergeben.« Daraufhin hängte ich ihm das Kreuz, das an einem bunten Band hing, um den Hals. Währenddessen hatte unser Matrose die KD-Flagge niedergeholt und dann gleich wieder in Top gehievt. Der Mann stand stramm und salutierte, ich salutierte ebenfalls und sagte: »Rührt euch!«, wie beim Militär. Das war ein bühnenreifer Auftritt, doch ich musste mich beherrschen und durfte nicht lachen. Als wir endlich mit dem Schiff abgelegt hatten, lief ich auf die Brücke und wir haben gemeinsam herzhaft gelacht. Beim nächsten Anlegen in Zell wurde uns von dem Agent mitgeteilt, dass wir die lokale Presse hätten benachrichtigen müssen, wenn so etwas geschieht. Sogar der Bürgermeister wurde informiert. Doch der hatte das ganze Spektakel durchschaut, war verärgert und ließ uns mitteilen, das wir solche Späße in Zell unterlassen sollten. Wenn so was nochmal passieren würde, hätte das Konsequenzen für uns, drohte er. Wenn wir schon jemanden verarschen wollten, sollten wir uns unsere eigenen Idioten aus Köln mitbringen.

Unser Brückenmann war mehr auf den Agenten sauer, der ihm die Kelle abgenommen hatte, als auf uns, die ihn auf dem Arm genommen hatten. Ein par Tage später bekam ich von der Reederei in Köln ohne näheren Kommentar die Order, für den Rest der Saison auf der *Deutschland,* einem großen Passagierschiff, das auf dem Rhein zwischen Köln und Mainz als Schnellschiff eingesetzt war, als Zweiter Steuermann Dienst zu tun. Das war ja eine Überraschung!

Als Zweiter Steuermann auf dem Schnellschiff »Deutschland«

Es war mir recht, auf der *Deutschland* zu arbeiten, denn wir hatten oft interessantes internationales Publikum an Bord. Häufig waren es junge Amerikaner, deren Vorfahren Deutsche waren, die vor langer Zeit in die USA ausgewandert waren. Die konnten kein Deutsch mehr, und so war es gut, dass ich in Köln auf der Berlitz-Schule bei Mrs. Cunart etwas Englisch gelernt hatte.

Auf dem großen Schiff hatte ich allerdings viel mehr Arbeit. Unser Kapitän war Bastian Thielen. Er wohnte in St. Sebastian, einem kleinen Ort am Rhein in der Nähe von Koblenz. Ich machte mich aber gleich am dritten Tag bei ihm unbeliebt: Als eines Abends mal wieder sauber Schiff gemacht wurde – die Matrosen schrubbten das Deck, ich war der Schlauchführer und spülte mit Wasser nach –ging auf einmal ganz überraschend und schnell eine Tür auf und der eilige Kapitän Thielen lief in voller Uniform genau in den aus meinem Schlauch spritzenden Wasserstrahl. Erschrocken stand er eine Sekunde still, dann schrie er: »Du Dreckarsch, kannst du nicht aufpassen!« Die ganze Uniform war nass. Ich entschuldigte mich schnell, musste aber auch lachen. Wütend verschwand Bastian, um sich umzuziehen. Später auf der Brücke hat er meine Entschuldigung angenommen, und wir haben den Rest der Saison gut zusammengearbeitet.

Jirina fuhr an den Wochenenden auch immer mit und erlebte die landschaftlich schönste Strecke auf dem Rhein zwischen Köln und Mainz. Ich hatte jetzt auch eine große Kabine direkt neben der Kapitänskabine. Wenn dann abends Feierabend war und Jirina an Bord kam, ging Bastian an Land, um uns in seiner Nachbarkabine nicht zu stören. Er war ein Gentlemen. Er mochte Jirina und passte auf mich auf, dass ich keine Dummheiten machte. Wenn ich manchmal ganz harmlos mit einem Mädchen sprach, kam er gleich dazu und sagte zu dem Mädchen: »Der Mann ist verheiratet.« Wenn ich dann auf die Brücke kam, dann schimpfte er mit mir: »Jürgen, du hast eine so nette Frau, musst du immer mit den anderen Weibern rumquatschen.«

Ich protestierte: »Ich tu doch gar nichts, ich rede doch nur.«

»Ja-ja, mit Reden fängt alles an«, sagte er dann.

Wenn aber eine Schulklasse mit Mädchen im Alter von 13 oder 14 Jahren mit ihren Popöchen wackelnd an Bord kamen, konnte ich es nicht lassen, sie zu ärgern. Ich ging dann zu ihnen, sagte »Guten Tag« und fragte ganz harmlos: »Na Kinder, wo geht die Reise hin?«

Alle schauten mich dann wütend an und sagten empört: »Wir sind doch keine Kinder!«

»Ihr geht doch noch zur Schule«, erwiderte ich, »also seid ihr noch Kinder.«

Ich schaute in ihre niedlichen, schönen Gesichterchen, die mich aus böse funkelnden Augen anblickten. Ich hatte mein Ziel erreicht, sie waren verärgert und sauer auf mich und ich amüsierte mich. Schnell ging ich dann weiter.

Im Oktober endlich war die Saison beendet. Wir fuhren nach Köln und stellten die *Deutschland* im Rheinauhafen außer Dienst. Ich musste noch drei Wochen an Bord bleiben, um wichtige Arbeiten zu verrichten. Ich hatte jetzt acht Stunden Arbeitszeit am Tag, aber an den Wochenenden frei – herrlich!

Oskar und ich wollen ein Auto kaufen

Mein Arbeitskollege Oskar Hammerschmidt aus Duisburg und ich wollten uns jeder ein Auto kaufen. Oskar hatte schon lange einen Führerschein und hatte sich immer bei Bedarf ein Auto geliehen. Einmal, erzählte er, sei er mit zwei Matrosen unterwegs in Duisburg. Auf einem Parkplatz am Finkekanal, der mit einer kleinen Mauer zum Kanal abgegrenzt war, wollten sie parken. Oskar fuhr rasant in die Parklücke ein, wollte bremsen, trat aber auf das Gas. Da der Wagen weiterfuhr, dachte er, er müsse eine Vollbremsung machen, und trat voll aufs Gas. Das Auto durchbrach die kleine Mauer aus Ziegelsteinen und stürzte in den Kanal. Als die drei sich von dem Schrecken erholt hatten, versuchten sie, das langsam im Wasser versinkende Auto zu verlassen. Doch sie bekamen die Türen nicht auf, während das Auto langsam voll Wasser lief und im Kanal versank. Unter Wasser endlich bekamen sie eine Tür auf und einer nach dem anderen schwamm an die Wasseroberfläche. An Land hatten einige Leute den Vorgang beobachtet und den Rettungswagen alarmiert. Als der bald darauf mit »Tatütata« und Blaulicht eintraf, standen die Jungs schon triefend am Kai und steckten sich eine Zigarette an. Sie wurden ins Krankenhaus gebracht. Dort stellte man fest, dass sie sich nur die Arme verstaucht hatten. Zwei wurden sofort entlassen, dem Dritten wurde ein Arm eingegipst, er musste noch zur weiteren Untersuchung im Krankenhaus bleiben. Doch als Oskar am Abend mit dem einen Kollegen in der Schipperskneipe »Tante Olga« in Ruhrort am Tresen saß und Bier trank, ist der dritte Mann aus dem Krankenhaus ausgebüchst und erschien ganz überraschend mit seinem Gipsarm bei »Tante Olga« an der Bar. »Wir hatten Glück«, meinte Oskar, »es hätte auch schlimm für uns enden können.«

Doch nun hatten wir beide uns entschlossen, ein Auto zu kaufen. Es durfte nur nicht zu teuer sein. Eines Tages nahmen wir uns einen halben Tag frei und gingen gemeinsam nach Köln zu einem Autohändler, um uns ein Auto auszusuchen. Nachdem ich einige Autos besichtigt hatte, entschied ich mich für einen alten hellblauen Opel Rekord mit automatischer Kupplung und Lenkradschaltung. Der Händler zeigte mir alles, und wir machten eine kleine Probefahrt auf dem Hof. Das Auto hatte noch ein Jahr TÜV und kostete 800 DM. Im Kaufvertrag, den ich dann unterschrieb, stand »Wie gesehen, so gekauft«. Damit war der Autohändler abgesichert.

Oskar entschied sich für einen Ford, der sollte von einer Bank finanziert werden. 1.000 DM musste Oskar jedoch sofort anzahlen. Später wollte die Bank jedoch den Restbetrag nicht finanzieren. Oskar konnte also kein Auto kaufen. Der Autohändler aber wollte Oskar die angezahlten 1.000 DM nicht mehr zurückzahlen. Oskar ging vor Gericht und ich sollte für ihn als Zeuge aussagen. Am Tag der Gerichtsverhandlung erschienen wir in Anzug und Krawatte auf dem Eigelstein, dem Kölner Amtsgericht. Der Richter endschied, dass der Autohändler Oskar die Hälfte, also 500 DM, zurückzahlen musste. Nach der Verhandlung verließen wir das Gericht, um unseren halben Sieg bei Kaffee und Kuchen etwas zu feiern. Mein Autokauf war ohne Probleme. Nachdem ich den Kaufvertrag unterschrieben hatte, bezahlte ich das Auto in bar. Daraufhin überreichte mir der Autohändler die Autopapiere und den Schlüssel. Ich fuhr dann ganz vorsichtig – ich musste mich an die automatische Lenkradschaltung erst noch gewöhnen – nach Köln-Mühlheim in die Vincenzstraße zu unserer Wohnung. Meine Frau Jirina kam gerade nach Hause, sie wollte das Auto natürlich sofort sehen. Schnell tranken wir noch eine Tasse Kaffee, verließen unsere Wohnung und begaben uns auf die Vincenzstraße, wo ich unser Auto geparkt hatte.

Opel Rekord mit Jürgen

Der Opel Rekord war schon ein etwas älteres Semester, das so ab und zu auch seine Mucken hatte, uns aber trotzdem später auch viel Freude bereitete. Jetzt machte ich erst mal mit meiner Frau eine kleine Spazierfahrt in Köln-Mühlheim, zum Wiener Platz und wieder nach Hause zurück.

– Wir wohnten gerne in unserer kleinen Wohnung auf der Vincenzstraße. Jirina hatte Arbeit bekommen und sich in Köln schon gut eingelebt. Wir verdienten nicht viel, doch zusammen mit unseren zwei Einkommen konnten wir gut leben. Es war eine schöne Zeit. –

Heimkehr nach vier Jahren Hausverbot

Zu Besuch auf der Fiat Voluntas

Eines Tages bekamen wir von meiner Mutter einen Brief mit einer Einladung von Pa Kreuze, ich durfte wieder nach Hause kommen. Der

Hauptgrund war wohl, dass Pa Kreuze neugierig war auf meine Frau. Schnell beantragten wir für Jirina ein Visum für Holland, denn ohne Visum durfte sie mit ihrem tschechischen Pass nicht einreisen. Als das Visum endlich fertig war, fuhren wir an einem Wochenende mit unserem Auto nach Utrecht zum Liegeplatz der *Fiat Voluntas*. An Bord wurden wir freudig begrüßt. Der Streit mit Pa war vergessen. Mein Bruder Peter war Matrose an Bord und meine Brüderchen Gerhard und Jennes, die in Rotterdam die Schipperschool besuchten, waren mit dem Zug angereist. Am meisten freute sich jedoch meine Mutter. Es wurde ein lustiger Abend. Wir tranken meistens Bessejenever. Jirina bekam später etwas Schwierigkeiten, denn sie konnte den süßen Beerenschnaps nicht vertragen.

Wir schliefen etwas beengt an Bord. Am nächsten Tag, ein Sonntag, fuhren wir nach dem Kaffee wieder nach Hause.

Endlich hatte sich das Verhältnis zwischen Pa und mir wieder normalisiert. Ich war in der Zeit, in der ich Hausverbot hatte, mit Erfolg meinen eigenen Weg gegangen, ohne Unterstützung von zu Hause. Ich war zur See gefahren, hatte mein Rheinpatent gemacht und hatte geheiratet. Ich war erwachsen geworden.

Marias Hochzeit in Bologna

Nach einiger Zeit bekamen wir, etwas kurzfristig, Post von Maria mit einer Einladung zu ihrer Hochzeit nach Bologna in Italien. Maria arbeitete damals noch im Haushalt von Dr. de Velde in Rotterdam.

Wir führten ein langes Telefongespräch. Sie hatte sich alles gut überlegt, sagte sie mir, sie wollte ihren Gianni heiraten. »Dann viel Glück, Marie«, sagte ich am Ende unseres Telefongesprächs.

Jirina und ich wollten unbedingt bei der Hochzeit in Italien dabei sein. Schnell beantragte Jirina ein Visum für Italien, doch es war nicht rechtzeitig fertig. Allein wollte ich auch nicht fahren, und so konnten wir leider nicht an ihrer Hochzeit teilnehmen. Das war schade. Nur Mutter fuhr mit nach Italien. Schon bald nach ihrer Hochzeit bekamen Gianni und Maria eine Wohnung und Arbeit in Köln, und so zogen sie zu uns nach Köln. Wir trafen uns immer am Sonntag zum Essen, einmal kochte Jirina und wir aßen bei uns und am nächsten Sonntag kochte Maria und wir aßen bei den Corlis. Manchmal, wenn das Wetter schön war, machten wir mit unserem Auto Ausflüge nach Montabauer, nach Limburg, dann an der Lahn entlang nach Bad Ems, nach Koblenz und an viele andere interessante Orte in der Umgebung von Köln. Es war eine schöne Zeit, wir waren jung und genossen das Leben.

Winterreise nach Ostrava

Es war schon November, als wir den Entschluss für einen kurzen Urlaub in Ostrava fassten. An einem regnerischen Tag machten wir uns mit unserem Auto auf den etwa 1.000 km langen Weg. Als wir die etwas hügelige Grenze bei Eger passierten, wurde es spiegelglatt. Wir rutschten einmal mit dem Auto im Kreis und kamen vor einem Baum zu stehen. Es ist zum Glück nichts passiert, wir sind nochmal mit dem Schrecken davongekommen. Nach 24 Stunden Autofahrt erreichten wir Ostrava. Hier wurden wir von Jirinas Familie freudig begrüßt. Nach der langen Reise schliefen wir erst mal einen halben Tag.

Inzwischen brach der Winter herein. Es schneite und es wurde bitterkalt. Es war keine gute Idee gewesen, mit einem altem Auto im Winter nach Ostrava zu fahren. Das Auto wollte nicht anspringen, die Batterie war immer schnell leer. Einige Male ließ ich die Batterie in einer Autowerkstatt in Poruba wieder aufladen. Wir ließen uns aber nicht abschrecken und fuhren mit der ganzen Familie an einem Wochenende vorsichtig über die verschneiten Straßen in die Beskiden, wo wir in einer Hütte übernachteten. Auf dem Hinweg hatten wir keine

Probleme. Doch als wir am späten Sonntagnachmittag wieder nach Hause fahren wollten, sprang der Wagen mal wieder nicht an. Jirina, ihr Bruder Vaclav und ich schoben das Auto unter großer Anstrengung auf einen Berg. Ich setzte mich ans Steuer und dann ließen wir den Wagen mit einiger Geschwindigkeit den Berg runterrollen. Doch der Motor sprang nicht an. Enttäuscht schoben wir den Wagen an den Straßenrand und mussten uns beeilen, um noch mit dem letzten Zug nach Ostrava zu kommen. Am nächsten Tag fuhren Jirina und ich mit dem Zug zurück, um das Auto abzuholen. Wir hatten Glück, denn zwei junge Soldaten kamen mit ihrem Jeep zufällig vorbei, halfen uns, das Auto zu starten, und so fuhren wir anschließend über die verschneiten Straßen wieder nach Hause. Wir blieben nicht mehr lange in Ostrava. Als das Wetter sich etwas gebessert hatte, fuhren wir den langen Weg ohne Schwierigkeiten zurück nach Köln.

Jirina wird eingebürgert

Einige Male noch besuchten wir unsere Familie in Holland, doch jedes Mal musste Jirina ein Visum beantragen. Das war umständlich und es kostete Geld. Also stellten wir einen Einbürgerungsantrag für Jirina. Die Voraussetzungen für ihre Einbürgerung waren erfüllt: Ich als ihr Mann war deutscher Staatsbürger, und auch mein Vater und mein Opa väterlicherseits waren Deutsche. Wir schickten den Antrag, der noch viele andere Fragen beinhaltete, an die zuständige Behörde. Dem Antrag wurde stattgegeben.

Am 1. April 1968 bekam Jirina die Einbürgerungsurkunde ausgestellt von der Stadt Köln im Bundesland Nordrhein-Westfalen. Jetzt war sie deutsche Staatsbürgerin. Mit der Urkunde ging Jirina jetzt zum Einwohnermeldeamt in Köln und bekam einen deutschen Pass. Den tschechischen Pass durfte sie behalten. Somit hatte sie jetzt zwei Nationalitäten, die deutsche und die tschechische. Das Leben war dadurch für uns einfacher geworden, denn jetzt konnte sie sich ohne Visum frei in Westeuropa bewegen. Vor allen Dingen war es wichtig, dass wir ohne Weiteres zum Familienbesuch nach Holland einreisen konnten.

Maria und Gianni wohnten inzwischen in Köln-Mühlheim in der Nähe der Kirche. Neben den gemeinsamen Ausflügen an den Wochenenden ins Umland fuhren wir auch gemeinsam nach Holland oder feierten Karneval. Gianni sprach noch kein richtiges Deutsch, sondern eine Mischung aus Holländisch, Deutsch und Italienisch. Das war eine Sprache, die ich bis heute nicht vergessen habe. Wenn ich jedoch den ganzen Sonntagnachmittag mit ihm verbracht hatte, war ich geschafft. Meine Meinung respektierte er meistens, die der Frauen kaum. Manchmal gab ich ihm zum Schein Recht, das wurde dann immer ein lustiges Gezanke mit Jirina und Maria. Wir waren jung, hatten wenig Geld, viele Probleme und doch erlebten wir eine schöne Zeit.

Außerhalb der Saison arbeitete ich im Hafen auf den Schiffen der Köln-Düsseldorfer. Morgens fuhr ich mit dem Auto zum Rheinauhafen in Köln an Bord der Schiffe, wo um 8 Uhr meine Arbeitszeit begann und um 16 Uhr schon wieder endete. Das war ja alles ganz schön, doch ich verdiente nicht viel Geld, das musste ich dann in der Saison mit viel Überstunden und Wochenendarbeit verdienen. Es war ein bequemes, geregeltes Leben, doch mit wenig Geld machte es keinen Spaß.

Letzte Saison bei der KD

Der Brand auf der »Deutschland« und der »Frieden«

An einem Tag im Winter, die Schiffe der »Weißen Flotte« lagen vertäut Seite an Seite im Rheinauhafen, brach ein Brand aus. Es war so gegen 5 Uhr, als einige der Matrosen leicht angetrunken von ihrem nächtlichen Bummel durch die Kölner Kneipen heimkehrten und das Feuer bemerkten. Sofort weckten sie die noch schlafenden Kameraden auf den Schiffen, informierten die Feuerwehr und begannen mit der Brandbekämpfung. Auf dem Raddampfer *Frieden* und auf der *Deutschland* brannte es. Unsere Matrosen machten genau das Richtige, schnell lösten sie erst mal die Leinen der Schiffe, die bei der *Deutschland* und der *Frieden* auf Seite lagen, so dass die Schiffe mit dem günstigen Wind auf die andere Seite des Hafens trieben. Hätten sie das nicht getan, wäre womöglich die ganze Flotte verbrannt. Als ich an Bord kam, bekämpften meine Kollegen bereits mit allen verfügbaren Wasserschläuchen den Brand im Inneren der *Deutschland*. Die Kajüte, in der meine Arbeitskleidung lag, konnte ich nicht erreichen, und so beteiligte ich mich an den Löscharbeiten im Schiffinneren, ohne mich umzuziehen. Wir hatten schon gute Löscherfolge, als der Einsatzleiter der Feuerwehr erschien und uns aufforderte, das Schiff zu verlassen. Wir wollten nicht, doch man stellte uns kurzerhand das Wasser ab. Ich bin heute noch der Meinung, dass wir mit Unterstützung der Feuerwehr den Brand gelöscht hätten. Uns wurde jetzt auch verboten, uns weiter an den Löscharbeiten zu beteiligen. Die Feuerwehr pumpte daraufhin den Maschinenraum der *Deutschland* voll Schaum und bespritzte die Außenaufbauten mit Wasser. Das Innere ließ man ausbrennen. Den alten Raddampfer *Frieden* ließ man kontrolliert ausbrennen, man konnte das Schiff nicht mehr retten, es wurde ein Totalschaden.

Inzwischen war die Wasserschutzpolizei und die Kripo Köln eingetroffen. Wir wurden alle verhört. War es Brandstiftung? Bis heute konnte das nicht geklärt werden. Die *Deutschland* wurde wieder repariert, aber die *Frieden* musste leider verschrottet werden. Für meine verbrannte Arbeitskleidung, die in einer Kabine der *Deutschland* gelegen hatte, bekam ich später von der Versicherung einen großzügigen Check.

Die ausgebrannte *Deutschland*

Meine letzte Saison auf dem Raddampfer »Cecilie«

Endlich kam die langerwartete Liste mit der Einteilung der Besatzung für die Schiffe der nächsten Saison heraus. Mein nächstes Schiff wurde der alte Raddampfer *Cecilie*, auf dem ich früher mal als Matrose gefahren war. Es war damals mein erstes Schiff bei der Köln-Düsseldorfer Reederei gewesen. Unser Raddampfer stammte noch aus Kaiserzeiten und hatte den Namen der preußischen Kronprinzessin Cecilie bekommen, sie war die Gattin des Kronprinzen Wilhelm von Preußen, der später Kaiser geworden wäre, hätte man den Krieg nicht verloren.

Kleine Rheinlandkunde

Nach dem Sieg über Napoleon und dem darauffolgenden Wiener Kongress im Jahre 1815 wurden die Grenzen Europas neu festgelegt. Nach der Unterzeichnung der Rheinschifffahrtsakte vom 17. Oktober 1868, der sogenannten *Mannheimer Akte*, durch die Länder Baden, Bayern, Frankreich, Hessen, Niederlande und Preußen im Rittersaal des Mannheimer Schlosses wurde der Rhein internationale Wasserstraße. Nach 20 Jahren französischer Besatzung wurde die Rheinprovinz die westlichste Provinz Preußens. Die Franzosen wollten den westlich des Rheins gelegenen Teil des Rheinlands an Frankreich angliedern so wie damals im Mittelalter die Reichslande Elsass und Lothringen. Doch nun waren die Grenzen durch Preußen gesichert. Es ist so, wie in dem alten Lied gesungen wird: »Lieb Vaterland, magst ruhig sein, fest steht die Wacht am Rhein.«

Geografisch und in den Köpfen mancher Rheinländer war Paris näher als Berlin. Doch die protestantischen Preußen haben auch viel Gutes getan. Sie haben nach 400 Jahren Baustopp endlich den Bau des katholischen Kölner Doms vollendet. Dankbar haben die Kölner ihrem preußischen König Friederich Wilhelm III auf dem Heumarkt in Köln ein Denkmal gesetzt. Auch die stolzen Reiterdenkmäler auf der Kölner Hohenzollernbrücke, die über den Rhein führt, zeugen von der preußischen Vergangenheit.

Die Besatzung der *Cecilie* für diese Saison waren Kapitän Rudi Hein, Erster Steuermann Josef Preitenwieser, Zweiter Steuermann Hans-Jürgen Zydek und unser Inspektor Paul Democh. Außerdem hatten wir noch zwei Maschinisten, zwei Matrosen und einen Schiffsjungen, deren Namen ich leider vergessen habe. Wir waren eine junge, gute, professionelle Besatzung.

Unser Schiff *Cecilie* war ein einmaliger, durchaus interessanter Raddampfer, der sich durch zwei an den Seiten angebrachte Schaufelräder fortbewegte. Die Dampfmaschine wurde durch eine Ölfeuerung angetrieben. Die Anlegemanöver an den zahlreichen Stationen am Rhein, vor allen Dingen in der Talfahrt, erforderten viel Konzentration und nautisches Geschick. Jede Schiffsanlegestelle musste wegen den unterschiedlichen Strömungsverhältnissen des Rheins anders angesteuert werden. Der Kapitän und sein Erster Steuermann hatten jedoch viel Erfahrung, sie waren ein eingearbeitetes Team. Meine Aufgabe war es, für ein reibungsloses Ein- und Aussteigen der Passagiere zu sorgen und den Inspektor bei der Fahrkartenkontrolle zu unterstützen. Außerdem musste ich, wenn ich Zeit hatte, auf der Brücke den ersten Steuermann ablösen und die *Cecilie* steuern.

Mit dem Kapitän Rudi Hein und vor allem mit Steuermann Jupp Preitenwieser war ich befreundet. Rudi Hein kannte ich noch von der *Gutenberg*. Jupp stammte aus Oberbayern. In den Wintermonaten, wenn die Schiffe der KD in Köln oder Düsseldorf im Hafen überwinterten, fuhr er gerne zur See. Die Liebe zur See – das verband uns ganz besonders. Wenn wir im Kreis unserer Kollegen von unseren Reisen auf See erzählten, hörten alle interessiert zu. Wir waren für die Binnenschiffer immer etwas Besonderes. Jupp fuhr als Matrose ohne Matrosenbrief zur See, ich mit Matrosenbrief. Wir hatten ein gutes, freundschaftliches Verhältnis zueinander.

Das Schiff wurde im Hafen ausgerüstet und fahrklar gemacht. Dann verholten wir vom Rheinauhafen an den Anlegesteiger am Rheinufer der Frankenwerft. Hier kam der Restaurateur, der die Restauration des Schiffes für die Saison gemietet hatte, mit seinem Personal an Bord. Es wurden noch alle Sorten von Geschirr und Proviant an Bord getragen. Auch wir hatten noch einiges zu tun, bis das Schiff endlich fahrklar war. Vor der Abfahrt saßen wir noch gutgelaunt am Frühstückstisch, als unser Inspektor erschien und sich als Paul Democh vorstellte. Rudi Hein verstand nicht richtig und fragte nochmal: »Democh?«

»Ja, ja«, sagte dieser, »Democh, alter französischer Adel.«

Jupp konnte es sich nicht verkneifen und fügte hinzu: »Seit Generationen Geschlechtskrank.«

Unser Inspektor schaute Jupp wütend an, sagte aber kein Wort. In der ganzen Saison sprach er kein Wort mehr mit Preitenwiesers Jupp. Als wir wieder alleine waren, sagte Rudi Hein zum Jupp: »War das nötig?«

Jup antwortete: »Das ist mir so rausgerutscht.«

Unsere preußische Prinzessin *Cecilie* lag am Rhein-Steiger der Frankenwerft, im Hintergrund die großartige Kulisse der Kölner Altstadt mit der romanischen St.-Martinskirche und dem gewaltigen Kölner Dom. Unser Dampfer war frisch angemalt, die beiden Holzdecks geschrubbt, und wir in unseren tadellos gebügelten Uniformen waren bereit für die erste fahrplanmäßige Fahrt nach Koblenz. Zusammen mit unserem Inspektor stand ich an der Gangway, als die ersten Gäste an Bord kamen. Wir kontrollierten die Fahrkarten, hießen die Leute willkommen an Bord und wünschten eine gute Reise.

Rudi Hein, unser Kapitän, stolzierte in seiner blauen Uniform mit den drei goldenen Streifen am Jackenärmel und der Kapitänsmütze, die mit den Wappen der Städte Köln und Düsseldorf geschmückt war, über Deck. Wir bezeichneten die Kapitänsmütze respektlos auf Kölsch »de Mütz met de zwei Frikadellen«. Ich stand etwas neidisch da mit einem mickerigen Streifen am Ärmel und fand es durchaus erstrebenswert, eines Tages auch so eine Mütze mit zwei Frikadellen zu tragen.

Fahrplanmäßig um 9 Uhr legten wir ab und dampften stromaufwärts nach Koblenz. Ich hatte die beste Kabine auf dem Schiff. Während die gesamte Besatzung vom Schiffsjungen bis zum Kapitän unter Deck wohnte, befand sich meine Kabine an Deck auf dem Steuerbord-Radkasten. Wenn wir uns – nach dem Essen – auf einer längeren Strecke befanden, verschwand ich in meiner Kabine und machte eine halbe Stunde Mittagsschlaf. Manchmal jedoch lag Jupp in meiner Koje und ich hatte alle Hände voll zu tun, um ihn zu verjagen.

Als ich einmal auf die Brücke kam, war eine große Diskussion im Gange. Jupp hatte behauptet, blonde Frauen seien langweilig und dumm. Rudi Hein widersprach auf das Heftigste, denn seine Frau war eine Blondine. Jetzt wurde ich gefragt: »Was meinst du, Jürgen?« Ich antwortete: »Es gibt auch doofe Dunkelhaarige.« So eine diplomatische Antwort fanden die beiden nicht gut und diskutierten weiter.

Wenn Rudi Hein essen ging, musste ich immer mit auf die Brücke und das Schiff steuern. Immer öfter kam Rudi zum Anlegemanöver nicht auf die Brücke. »Ihr müsst das ja auch lernen«, meinte er. Normalerweise stand Jupp am Ruder, während Rudi den Maschinentelegrafen bediente und Anweisungen gab. Doch jetzt stand ich am Ruder und Jupp stand am Telegraf und musste Anweisungen geben. Dabei kamen wir manchmal ganz schön ins Schwitzen. Obwohl ich auch etwas nervös war, ärgerte ich Jupp, indem ich sagte: »Jupp, mach dir keine Sorgen, ich bin ja bei dir.« Rudi stand irgendwo im Verborgenen und beobachtete schadenfroh unser Anlegemanöver. Einmal jedoch sind wir bei starkem Seitenwind mit »Schmackes« gegen die Anlegebrücke gefahren und haben sie aus der Verankerung gehebelt. Obwohl nichts Schlimmes passiert ist, waren Jupp und ich doch sehr erschrocken. Auch die Passagiere waren erschrocken und beunruhigt. Rudi kam auf die Brücke gerannt, schaute uns verärgert an und raunzte: »Könnt ihr nicht aufpassen!« Jupp antwortete nur: »Das kann ja mal passieren.« Wir mussten eben noch einiges lernen. Bei der KD konnte nur der Kapitän werden, der als Erster Steuermann auf allen verschiedenen Schiffen der Reederei gefahren war.

Wir beförderten alle Sorten von Passagieren, Damenkegelklubs morgens nüchtern von Köln nach Königswinter und abends betrunken wieder zurück nach Köln. Außerdem Schützenvereine, Schulklassen, Karnevalsvereine und ab und zu auch Bonner Politiker mit ihren Gästen. Manchmal, wenn wir früh in Köln waren, wurde auf dem Schiff schnell aufgeräumt und anschließend kam eine Jazzband an Bord. Meist junge Leute strömten aufs Schiff und wir machten eine Abendfahrt. Es wurde wild getanzt und manchmal, wenn ich Zeit hatte, zog ich meine Jacke aus und tanzte mit.

Am Fronleichnamstag im Juni war die *Cecilie* das große Prozessionsschiff der »Mülheimer Gottestracht«. Das war eine Schiffswallfahrt, begleitet von vielen kleinen Schiffen. Ein großes Kreuz wurde auf dem Vordeck der *Cecilie* aufgestellt und das Schiff mit vielen Kirchenflaggen geschmückt. Die Reise ging in ganz langsamer Fahrt von Köln-Mülheim nach Köln. An Bord zelebrierte der Mülheimer Pfarrer in Anwesenheit zahlreicher Gläubiger die heilige Messe. Zum Abschied wurde das Lied »Großer Gott wir loben dich« gesungen. Als die Wallfahrt zu Ende war und die Leute das Schiff verlassen hatten, trugen wir gemeinsam das große Holzkreuz an Land.

Ein andermal kam eine schon angetrunkene, laut singende Gruppe kanadischer Soldaten an Bord. Angeführt wurden sie von einem baumlangen Sergeant. Sie nahmen Platz am freien Oberdeck und konnten so die Brücke beobachten. Nach einiger Zeit kam ein Matrose angerannt, der mir mitteilte, dass ich schnell auf die Brücke kommen sollte. Ich eilte auf die Brücke und sah, wie der baumlange kanadische Sergeant unter dem Gelächter seiner Kameraden die *Cecilie* steuerte. Was war passiert? Der riesige Kerl war auf die Brücke gekommen, hatte Jupp und Rudi zur Seite geschoben und das Steuer übernommen. Das durfte nicht sein, das konnte das Schiff mit seinen vielen Passagieren an Bord in Gefahr bringen. Rudi Hein schrie mich nervös an: »Schaff diesen Holzfäller weg!« Rudi und Jupp konnten nur wenig Englisch und so sagte ich auf Englisch: »Sir, please give me the rudder.« Der aber hielt das Ruder fest in seinen großen Händen und steuerte weiterhin unsere *Cecilie*. Zum Glück wusste er, wie man ein Schiff steuert. Es herrschte reger Schiffsverkehr auf dem Rhein, doch solange er nicht auf Kollisionskurs ging, wollten wir nicht mit Gewalt eingreifen. Denn dann hätte eine wilde Rauferei stattgefunden, das Schiff wäre womöglich aus dem Ruder gelaufen und wir hätten eine Kollision mit einem anderen Schiff riskiert. Seine Jungs auf dem Vordeck wären ihm bestimmt auch zu Hilfe geeilt.

Ich redete weiter freundlich auf den Kanadier ein und schließlich drohte ich ihm mit der Polizei, doch er blieb unbeeindruckt. Als er mir endlich das Ruder übergab, waren wir sehr froh und erleichtert. Seine Jungs auf dem Vordeck klatschten Beifall. Die hatten keine Ahnung, wie gefährlich, leichtsinnig und unverantwortlich es war, was ihr Vorgesetzter sich da erlaubt hatte. Wir wollten die Wasserschutzpolizei verständigen, bekamen so schnell jedoch keine Verbindung. Die WSP wäre wahrscheinlich auch nur eingeschränkt zuständig gewesen. Die englische oder kanadische Militärpolizei hätte eingreifen müssen. Nach kurzer Zeit schon stieg die besoffene Bande zu unserer Erleichterung aus. Da zum Glück nichts passiert war, ließen wir die Sache auf sich beruhen. Andernfalls hätten wir noch viel Schwierigkeiten bekommen, das Schiff hätte sich verspätet. Der Sergeant hatte auch großes Glück, denn er hätte sich vor der Militärpolizei oder vor einem Militärgericht verantworten müssen.

So war unsere Saison voller Ereignisse, mal mussten wir bei einer Schlägerei schlichten, dann einen Mann daran hindern, über Bord zu springen. Es war immer etwas los.

Meine Frau Jirina fuhr meistens an den Wochenenden mit. Sie genoss die schöne Landschaft, und wenn ich abends Zeit hatte, gingen wir an Land und vergnügten uns beim Tanzen oder wir gingen essen. Wir erlebten eine schöne gemeinsame Zeit. Am Sonntagnachmittag fuhr Jirina dann wieder mit dem Zug nach Köln.

Besuch aus Tschechien
Eines Tages besuchten uns Jirinas Eltern und ihre Freundin Maria Topalikova in Köln. Am Wochenende besuchten sie mich gemeinsam auf der *Cecilie* und fuhren eine Reise mit. Das musste für sie auch sehr interessant gewesen sein. Die Städte Köln und Bonn sowie den Drachenfels haben sie besichtigt. Es war nur wenig Platz in unserer kleinen Wohnung auf der Vincenzstraße. Nach einiger Zeit jedoch verabschiedeten sie sich und fuhren mit der Bahn den langen Weg zurück nach Ostrava.

Es wurde Herbst, die Blätter der Bäume und der Reben in den Weinbergen färbten sich bunt. Die Weinernte am Mittelrhein und an der Mosel hatte begonnen. Die Sonne verbreitete noch eine angenehme Wärme und tauchte die Landschaft in ein goldenes Licht. Morgens hing schon der erste Nebel über dem Rhein. Es war bereits Oktober und so brachten wir unsere *Cecilie* nach Köln in den Rheinauhafen zum Überwintern. Das Schiff wurde mit vielen anderen Schiffen während des Winters außer Dienst gestellt. Ich musste noch bis Anfang November an Bord arbeiten. Jetzt hatte ich wie die Menschen an Land einen Achtstundentag und an den Wochenenden frei. Doch die Sache hatte einen Haken, ich verdiente im Winter mal wieder zu wenig. Jirina arbeitete inzwischen als technische Zeichnerin beim Ingenieurbüro Schubert. Mit unseren beiden Einkommen konnten wir leben doch, wir wollten mehr. Wir wollten Geld sparen, zwei Kinder haben, dann ein Haus oder eine Wohnung kaufen, damit die Kinder in einem schönen Zuhause aufwachsen. Dazu brauchte ich einen Arbeitsplatz, bei dem ich das ganze Jahr über ein gutes Einkommen hätte und nicht nur im Sommer. Auch dass wir nur im Winter Urlaub machen konnten, gefiel uns gar nicht.

Neue Pläne: auf den europäischen Wasserstraßen in die Selbständigkeit

Kündigung bei der KD, neue Reederei Krupp, Schubschiff »Friederich Jansen«

Schweren Herzens kündigte ich am 6. März 1969 bei der KD in Köln. Ich hatte mich bereits bei der Reederei Krupp in Duisburg als Schiffsführer beworben. Mit einem guten Zeugnis von der KD und meinem Rheinpatent für den gesamten Rhein bis Basel wurde ich als qualifizierter Schiffsführeraspirant eingestellt. Jetzt hatte ich das ganze Jahr über ein gutes Einkommen und eine geregelte freie Zeit, 14 Tage fahren und 14 Tage frei.

Ich kam auf das Schubschiff *Friederich Jansen* und musste noch viel lernen, denn es war eine ganz andere Art der Schifffahrt. Der Schubverband der *Friederich Jansen* bestand aus dem Schubboot und vier Schubleichtern mit einer Tragfähigkeit von 14.000 t. Die Ladung bestand meistens aus Erz, das wir von Rotterdam nach Rheinhausen zum Hochofen von Krupp transportierten. Beim Koppeln der Schubleichter zu einem Schubverband musste ich mithelfen. Es war schwere körperliche Arbeit, den Verband mit den schweren Stahltrossen aneinanderzukoppeln. Doch ich war körperlich fit und hatte mich schnell daran gewöhnt. Auch das Steuern des gewaltigen Schubverbands musste ich noch lernen. Es war jedoch alles Gewohnheitssache, nach einiger Zeit hatte ich alles im Griff, wie man so schön sagt.

Wir waren eine Besatzung von zwei Schiffsführern, vier Matrosen, einem Maschinisten und einem Koch. Alles war gut geregelt. Auf dem Schiff arbeiteten wir 24 Stunden in zwei Schichten, sechs Stunden Arbeit, sechs Stunden frei. Schnell waren die 14 Tagen an Bord vorbei und ich ging für 14 Tage nach Hause.

Jirina fuhr morgens ins Ingenieursbüro, um als technische Zeichnerin zu arbeiten, während ich mir die Decke über die Ohren zog und weiterschlief. Wir wohnten immer noch in der Vincenzstraße direkt am Bahnhof, doch unser Fenster ging zur Hofseite raus. Es war so still, wenn ich mir keinen Wecker gestellt hatte, schlief ich neun Stunden oder mehr, herrlich! Wir richteten unsere kleine Wohnung ein und versuchten etwas Geld zu sparen.

An den Wochenenden trafen wir uns mit Maria und Giani, aber sonntags ausschlafen konnten die beiden nicht, denn früh am Morgen lärmten schon die Glocken der Kirche, in deren Nachbarschaft sie wohnten. Eines Tages besuchten wir mal wieder Pa und Ma, die mit ihrem Schiff der *Fiat Voluntas* in Holland lagen. Mein Bruder Peter war Matrose an Bord und meine Brüderchen Gerhard und Jennes, die in Rotterdam zur Schule gingen, waren auch manchmal dabei. Es war schön, mal wieder zu Hause zu sein. Pa, Ma und Peter erzählten von ihrem interessanten Leben auf der *Fiat Voluntas*, von den Reisen nach Frankreich. »Es genügt nicht, nur Schipper zu sein, man muss auch Unternehmer sein«, meinte Pa. Um Ladung für sein Schiff zu bekommen, musste er in Holland, Belgien oder in Frankreich auf die Börse gehen. Viel wurde erzählt von den Flüssen und Kanälen in Frankreich mit den vielen Schleusen, deren Tore zum Teil noch mit der Hand auf- und zugedreht werden mussten, und ich hörte aufmerksam zu.

Wir wollen eine Péniche kaufen und nach Frankreich fahren

Pa merkte, dass mich das alles sehr interessierte. Eines Tages fragte er mich ganz unerwartet auf Holländisch: »Moet jij geen Spitz kopen?« – »Willst Du nicht einen Spitz kaufen?«

Ich antwortete erst mal mehr aus Spaß: »Ja waarom eigenljik niet.«

Pa schaute mich überrascht an und fragte: »Ist das dein Ernst?« Dann überlegte er und sagte mehr zu sich selbst: »Ein Rheinpatent hast du ja, wir würden die erste Zeit zusammenfahren, und ich könnte dir alles Notwendige zeigen. Wir würden gemeinsam auf die Börse gehen und ich könnte dich den Maklern vorstellen.«

»Mit dem Schiffskauf und der Finanzierung würde ich dir auch helfen«, fügte er hinzu. Er war begeistert, ich, sein Stiefsohn, würde in seine Fußstapfen treten und mir so wie er einen Spitz (Péniche) kaufen. Doch ich sagte ihm, dass ich das alles noch in Ruhe mit Jirina besprechen müsste. Jirina aber war auch von dem Gedanken begeistert, mit einem Schiff durch Frankreich, Holland, Belgien und Deutschland zu fahren, und stimmte zu. Wir waren uns einig, es war ein Risiko, doch wir trauten uns, wir wollten es machen. Wir durften nur nicht lange darüber nachdenken, denn vernünftig war es eigentlich nicht.

Die Fahrt auf der *Friederich Jansen* mit dem guten Gehalt und der tollen Freizeit war mir auf die Dauer zu langweilig. Es war jedoch ein sicherer und gut bezahlter Arbeitsplatz. Jirina hatte sich als technische Zeichnerin eingearbeitet, wir verdienten gutes Geld, ohne Risiko und ohne Geld investieren zu müssen. Aber das freie, unabhängige, abenteuerliche Leben auf einem Schiff, das uns gehört, immer unterwegs auf den Flüssen und Kanälen Westeuropas, das reizte uns sehr. Die wichtigste Voraussetzung hatte ich ja: mein Rheinpatent bis Basel. Damit war ich qualifiziert, als Schiffsführer auf den meisten Wasserstraßen in Westeuropa ein Schiff zu führen. Außerdem sprach ich Holländisch, was sehr nützlich war. Französisch mussten wir noch lernen und Pa Kreuze würde mir noch einiges beibringen. Auch Jirina musste noch viel lernen, denn sie hatte noch nie auf einem Schiff gearbeitet. Wenn andere Leute das können, dann werden wir das auch schaffen, dachte ich.

Vorbereitung zum Schiffskauf in Amsterdam

Jetzt mussten wir erst mal ein geeignetes Schiff finden. Pa Kreuze trat jetzt erst mal in Kontakt mit dem Schiffsmakler Hoffman in Amsterdam, bei dem er auch sein Schiff damals gekauft hatte.

Wir verabredeten einen Termin und besuchten den Makler Hoffman in Amsterdam auf dem Damrak. Er hatte eine ganze Liste von Schiffen, die er uns zum Kauf anbot. Doch wir wollten wie Pa einen Spitz, damit würden wir gemeinsam nach Frankreich fahren.

Der Spitz *Cornelia* der Familie Strybis sagte uns zu. Das Schiff lag tief in den Grachten von Amsterdam und die Familie wohnte noch an Bord. Da ihr Sohn zur Schule musste, wollten sie ihr Schiff so schnell wie möglich verkaufen, um an Land zu leben. Nachdem wir das Schiff besichtigt hatten, wurde der Kaufpreis ausgehandelt. Das Schiff sollte 40.000 Gulden (hfl) kosten. 20.000 Anzahlung bei Übergabe, (13.000 hfl hatten wir und 7.000 hfl hat Pa uns geliehen), der Rest sollte mit 5.000 hfl jährlich bei 7 % Zinsen abbezahlt werden. Das war eine gute Finanzierung. Der Kaufvertrag wurde vorbereitet und sollte bei der Schiffsübergabe unterschrieben und das Geld überwiesen werden.

In Köln bereiteten wir alles Notwendige für einen Umzug auf unser Schiff vor. Die *Fiat Voluntas* war noch in Frankreich, sie hatte eine Ladung für Rotterdam geladen. Sie wollte uns dann auf dem Weg über die Mosel und den Rhein in Köln an Bord nehmen und dann weiter nach Rotterdam fahren. Doch die *Fiat Voluntas* verspätete sich. Wir hatten bereits gekündigt. Um die Zeit zu überbrücken und etwas Geld zu verdienen, arbeitete Jirina als Putzfrau und ich verrichtete schwere Arbeit – Säcke stapeln bei einem Transportunternehmen.

Dann aber kam doch noch der Tag, an dem die *Fiat Voluntas* in Köln festmachte.

Wir gingen an Bord und fuhren mit dem Schiff rheinabwärts nach Holland, wo ein neuer Lebensabschnitt für uns begann.

Spitz *Fiat Voluntas*

Anhang

Bilderbuch der Erinnerungen

Leichtmatrosen Hermann und Horst vor dem KMS *Mosel*

Stürmische Heimfahrt der *Mosel*

Hanseatik in Cuxhaven

Segelschulschiff *Passat* am Liegeplatz der Seemannsschule in Lübeck-Travemünde

Meine Mitschüler: Wir haben gemeinsam am 18. Februar 1966 die Prüfung zum Matrosen in der Seeschifffahrt bestanden

Wieder auf dem Rhein

Jürgen und die Schiffsglocke von der *Rhenus 142*

Rudergänger auf *Rhenus 142*

Schiffsführeraspirant auf dem Schubschiff *Friederich Jansen*

Mit dem »MS Portunus«, Reederei Laeisz, Hamburg, auf Großer Fahrt

»MS Portunus«, Kühlschiff in der »Großen Fahrt« zwischen Guayaquil und Hamburg, Ladung: Bananen

»MS Portunus« im Winter auf dem Nordatlantik

Jürgen und Monkey

In der Karibik: Land in Sicht

Am Anker auf der Reede von Guayaquil

Laden von Bananen

Mit dem »MS Bilbao« der Reederei OPDR auf Mittlerer Fahrt

»MS Bilbao«

»MS Bilbao« im Mittelmeer

»MS Bilbao« in der Straße von Gibraltar

Außenbordmalen im Hafen von Oran

Auf der France unterwegs auf dem Rhein

Ansicht der „France" von der Deutzer Brücke

Am Steuer der „France"

Jürgen, Matrose auf der „France"

Auf der »Cecilie« und der »Wiesbaden« der Köln-Düsseldorfer

Raddampfer *Cecilie* in Koblenz-Ehrenbreitstein

Die Decksbesatzung der *Cecilie*: Zweiter Steuermann Rudi Wagner, Matrosen Horst Watzka und Hans-Jürgen Zydek, Schiffsjunge Ferdie Weis

Die *Cecilie* geschmückt für die »Mülheimer Gottestracht«
(Schiffswallfahrt in Köln-Mühlheim)

Hans-Jürgen Zydek als Zweiter Steuermann auf der Wiesbaden
(mein erstes Schiff als Zweiter Steuermann)

Urlaub mit Jirina

Unser Hotel auf dem Radhost in den Beskiden

Ein schöner Abend in der Hotelbar

Verliebt am Ufer der Moldau in Prag

Zu Besuch auf der Königsburg *Karlstein*

Winterurlaub in der Hohen Tatra

Mein erster Versuch auf Skiern

Jirina mit ihrer Familie zu Hause in Poruba

Jirina spaziert auf der Leninova

5. November 1966 – Hochzeit im Rathaus von Ostrava

Beim Fotografen

Im Rathaus

Ringtausch

Zahlreiche Hochzeitsgäste im Rathaus

Hochzeitsparty bei Jirina zu Hause

Unsere schöne gemeinsame Zeit in Köln

Mit meinem Kollegen Jupp am Oberdeck der *Cecilie*

Mit den Schwiegereltern, Freundin Maria und Jirina auf der Brücke der *Cecilie*

Jirina mit ihren Eltern in Bonn

Karneval mit Schwager Gianni

Karneval: Jirina mit Schwester Maria

Zwei schöne Mädchen: Jirina und Maria

Meine Zeit auf der »Deutschland«

Schnellschiff *Deutschland* an der Loreley

Gemeinsam an Bord der *Deutschland*

Jirina genießt die schöne Landschaft

Die *Deutschland* am Rheinufer

Jürgen gut gelaunt

Kriegszeit im Weidenkamp

Die weibliche Feuerwehr 1944 in Hamborn-Weidenkamp, mit dabei meine Tanten Bille, Anneliese und Friedchen

Oma Venners und ihre Kinder

Oma Venners

Paul

Hans

Finnchen, Bille, Friedi, Anneliese, Käthe

Familie Venners mit ersten Enkelkindern

Auszüge aus dem Schifferdienstbuch

Schifferdienstbuch Nr. 22552 von Hans-Jürgen Zydek

Nach mehr als acht Reisen auf der »France« wurde mein Rheinschifferpatent von Mannheim auf Basel erweitert.

Rheinschifffahrtsakte vom 17. Oktober 1868

Mannheimer Schloss

Mannheimer Akte
Am 17. Oktober unterzeichneten die Delegierten der Regierungen von Baden, Bayern, Frankreich, Hessen, der Niederlande und Preußen im Rittersaal des Mannheimer Schlosses die revidierte Rheinschifffahrtsakte.

Damit trat die Freizügigkeit der Schifffahrt auf dem Rhein für Fahrzeuge aller Nationen in Kraft.

Der Gültigkeitsbereich der Rheinschifffahrtsakte ist die Schifffahrt auf dem Rein und seinen Ausflüssen von Basel bis ins offene Meer, wobei Lek und Waal als zum Rhein gehörig betrachtet werden.

Einbezogen sind die Nebenflüsse des Rheins, soweit sie im Gebiet der „vertragenden Staaten" liegen. Dazu gehört die Mosel bis zur französischen Grenze, außerdem der Neckar und der Main.

Die Abgrenzung zum westdeutschen Kanalgebiet ergibt aus § 47 der Durchführungsverordnung des Außenwirtschaftsgesetztes; nämlich dass keine Genehmigung erforderlich ist für eine Verwendung des Binnenschiffs „im Wechselverkehr zwischen dem Rheinstromgebiet und dem westdeutschen Kanalgebiet bis Dortmund und Hamm".

Die Rheinanliegerstaaten heute sind die Nachfolgestaaten der Unterzeichner der Rheinschifffahrtsakte von 1868:
Bundesrepublik Deutschland
Königeich Belgien
Französische Republik
Königreich der Niederlande
Schweizerische Eidgenossenschaft